启真馆 出品

启真·闲读馆

柴門ふみ
ほっこりおうちごはん
どうぞ飯あがれ

柴门文的饭桌

暖暖家常菜

〔日〕柴门文 著

星野空 译

ZHEJIANG UNIVERSITY PRESS
浙江大学出版社

序　言

在过去 4 年里，我在杂志 *ESSE* 上连载了和料理有关的散文及漫画。而这本书，就收录了其中的散文部分。

"孩子的早餐、便当、晚餐不假他人之手，自己做吧。"

或许有人会觉得意外，但我已经持续为家人做了 30 年以上的饭。在因为访谈以及采访的工作需要夜间外出时，我会尽量事先做好饭菜，让留在家里的母亲吃。虽然旅行时还是得拜托丈夫以及母亲，但基本上每一天，我都会在 5 点结束漫画的工作后去超市，一边思考晚饭的小菜和第二天便当的内容，一边购买食材，然后猛冲回家做饭。

每天下午 3 点左右，我就会一边给原稿描线，一边开始思考："今天做什么菜呢？"毫不夸张地说，我在料理上花的心思就跟构思漫画的故事一样多。

原本我是不喜欢做饭的。但因骨子里就是个吃货，更不喜欢难吃的外食，加上当时家附近连一间好吃的餐厅都没有，所以不情不愿地开始自己下厨。而我的性格是一旦开始动手就会去努力，于是，渐渐地在调节口味、挑战减少烹饪时间时感受到了乐趣。

借着参考食谱或是凭直觉去重现在外面吃到的印象深刻的料理，我所擅长的菜式也在逐渐增加。本以为孩子们很喜欢我精心烹调的饭菜，但有一天，已经走上社会的女儿却向我坦白："其实，我不喜欢妈妈经常做的那种里面放了许多配菜的味噌汤。因为光喝汤就会饱。"

原来我忍着手痒剥了芋艿皮所做的猪肉味噌汤是白费劲吗？算了，反正芋艿是我想吃的，没事。所以，这本书里的家常菜基本都是我喜欢的、我亲手做的菜。

不费时、不费事、好吃——每一道菜都符合这三点。若您有兴趣，还请参考篇末所附的食谱。

目 录

第一章

回忆因饮食而谱

校餐的回忆　茄汁淋嫩煎猪肉

这道茄汁淋嫩煎猪肉非常好吃，虽然我并不记得是在哪里吃到的，也不记得是怎么做的，但它却一直温热，留在我的心里。

最近我终于想起了它的出处，那是大学时的校餐，大概就是午餐吃的 A 套、B 套那种吧。已经是距现在大约 40 年前的事了，我选的是 A 套餐，130 日元，附米饭和汤。130 日元不可能吃到嫩煎猪肉？不，在大约 40 年前那或许是可能的。

出乎意料的是，只吃过一次的美食会被遗忘，反倒是一直在吃的东西会在记忆里扎根，不论好吃还是难吃，那就是妈妈做的菜，又或是校餐。

我小时候相当挑食，对小学校餐里的猪肉汤更是厌恶到掉泪。当时汤里的猪肉几乎都是肥肉。漂浮着干扁的四方形油脂花的味噌汤，那就是猪肉汤。

更不喜欢吃的是不知道用什么做的薯泥。即使现在回想起来，也觉得那东西超乎想象地难吃。不是甘薯，颜色有点发紫，但又不像紫薯那么好吃。味道就像把山药蒸好后混上豌豆泥再拌入砂糖，惨绝人寰。

我人生最大的危机就发生在猪肉汤和薯泥在校餐里唱双簧的日子。

同班同学都已经吃完校餐在校园里玩耍，我却还独自留在教室里与薯泥和猪肉汤恶战。

每吃一口，都会忍不住"呕"地反胃。就算抱着拼死的决心干掉了猪肉汤，薯泥依旧岿然耸立。不行了，我心意已决，于是开始行动。

我实施了翻猪肉汤洒薯泥的作战计划。

是的，我使诈了。

胆小谨慎的我人生中第一次尝试使诈。手不住地颤抖，但我做到了。

"老师，汤洒了，薯泥也一塌糊涂，没法吃了。"

我把餐盘递到陪着我留在教室里的班主任面前。

"你故意的吧？"

因为是将近 50 年前的事，我已经记不清老师是否真的这么说过，抑或那只是我心里的感觉，但显然是被看穿了。

"算了，就这样吧，收拾一下。"

虽然因为被看穿而羞愧，但能从薯泥骇人的进攻中解脱，我还是松了口气。这件事我也告诉过自己的孩子，还说如果校餐实在难吃，使那么一次诈也是可以的。

自那以后，猪肉汤还是反复出现在校餐里，薯泥也会定期登场。但所幸它们没有再同时出现在餐盘里。一直到小学毕业，我都是忍着泪把猪肉汤喝光。到了大学，可以自行从学校提供的菜单里选菜，我由衷地感到了幸福。

大学的校餐一定会附汤。那是表面浮着一层膜的玉米汤，朋友们都称其为"难喝的海带汤"而不喝，我却觉得和小学校餐里的猪肉汤相比它简直是无上美味，所以会喝得一滴不剩。

校餐里的嫩煎猪肉，或许实际上比我菜谱里的难吃（毕竟才130日元）。

茄汁淋嫩煎猪肉

材料（4人份）：

　　猪里脊肉4片，盐、胡椒、面粉各少许，橄榄油3大匙，熟透的番茄3个，大蒜1瓣（切片），蘑菇1小朵（罐装即可，切片），红酒3大匙。

　　A：盐、胡椒各少许，番茄酱1大匙。

做法：

　　1. 猪肉去筋拍松，两面撒盐、胡椒，并都拍上薄薄的面粉。在平底锅里加入1大匙橄榄油后加热，用中火把猪肉煎到变色后盖上锅盖，改小火。

　　2. 番茄去蒂、剥皮并切碎。在平底锅里加入2大匙橄榄油后加热，把大蒜炒出香味后，加入番茄、蘑菇继续炒。然后把红酒均匀地洒入锅中并将火关小，加入A，再熬大约20分钟，把熬好的酱汁淋在煎好的猪肉上。

卷心菜和贫困生活　卷心菜香肠炖汤

其实在 18 岁独自生活之前，我都没有下过厨。

一直到高中毕业，我给母亲打下手进厨房的次数都屈指可数。会做的也就土豆炖肉以及咖喱这些吧。

然而进入大学后，我去了东京独自生活。那已经是距今约 40 年前的事了。

当时，便利店很少见，是 7-11 会在深夜 11 点打烊的时代。*自然，便利店的便当也都很寒碜，于是我无奈地开始了自己做饭。

卷心菜是非常贵重的宝贝。

---

* 7-11 便利店创设之初奉行早上 7 点开门、深夜 11 点打烊的营业方针，这也是其店名的由来。后来渐渐转变为 24 小时营业。——编注，下同。

一个人生活时，只要有一颗卷心菜就能过一星期。

卷心菜用油炒过以后，稍稍撒点盐、胡椒，再浇上蛋黄酱，铺在白吐司上就能吃。

我曾经吃过一星期这种不加盖的卷心菜三明治，因为实在是对做菜烦不胜烦。

炒过的卷心菜拌上罐装牛肉或是香肠也很好吃，当然也得佐以蛋黄酱。这道菜至今仍是孩子们的心头所好。虽然凉了的话会因为油凝固而变得难吃，但热乎乎的时候很美味。说到我做的卷心菜料理，有很长时间都是指这道炒卷心菜，又或者是配在油炸食品旁的切丝卷心菜。

结婚后我一年大概会做2次卷心菜包肉。但那是十分费功夫的料理，而且包裹肉馅的卷心菜菜叶还不能弄破，笨手笨脚的我始终做不太好。

即使这样，我还是从卷心菜包肉中学到了一件事：炖过的卷心菜很好吃。这是我总算在油炒之外的做法中发现的一道菜。

而只需要做卷心菜包肉十分之一的功夫，就能完成卷心菜香肠炖汤。摄入的卷心菜量还比卷心菜包肉更多，我觉得味道也比卷心菜包肉更棒。

卷心菜香肠炖汤还是用来处理在冰箱蔬菜冷藏室中发蔫的卷心菜时的宝贝。因为要连芯一起煮烂，所以一点儿都不会浪费。

其实我和卷心菜之间，还有更深一层的关系。

在炸鸡胸肉排那一节中我也会提到，两次怀孕都让我胖了

18kg。生下孩子后，体重仍然比怀孕前重 15kg。

当时我所专注的减肥法，就是用卷心菜当主食。我靠吃大碗盐拌切丝卷心菜以取代白米饭。

三餐吃的都是盐拌卷心菜、盐拌卷心菜、盐拌卷心菜。

然后一个月瘦了差不多 7~8kg。

女儿在高中时因为肥胖而苦恼，我推荐她用盐拌卷心菜减肥，却被一口拒绝："难吃。"女儿的口味和我很像，非常爱吃罐头牛肉炒卷心菜再拌蛋黄酱，一顿就能轻松吃下一小颗卷心菜。但就算是卷心菜，考虑到料理中用到的油还有蛋黄酱的量，那也累积了相当多的卡路里。所以才会胖吧。

卷心菜香肠炖汤差不多是位于切丝卷心菜和罐头牛肉炒卷心菜再拌蛋黄酱中间的料理。

卷心菜香肠炖汤

材料（4人份）：

卷心菜1颗，洋葱半颗（切丁），培根5片（切成5mm宽的细条），法兰克福香肠6根，色拉油2大匙。

月桂叶1片，盐、粗粒黑胡椒各少许，粗粒黄芥末酱、番茄酱各适量。

A：水4杯，固体高汤2.5块。

做法：

1. 沿轴心将卷心菜切成四部分，去芯。

2. 用大一点的厚底锅加热色拉油，然后将洋葱炒到变软，再加入培根继续炒。

3. 关火，加入切好的卷心菜，再加入A和月桂叶，盖上锅盖焖20分钟。把法兰克福香肠对半切开后加入锅里，用偏小的中火煮10到15分钟。

4. 用盐、粗粒黑胡椒调味，根据个人喜好蘸粗粒黄芥末酱或番茄酱吃。

卷心菜的底蕴　不用熬的卷心菜汤

我和卷心菜有着不浅的渊源。

我现在所居住的东京练马区，曾经因为盛产萝卜而让当地萝卜都有了"练马萝卜"的称号，现在萝卜却被卷心菜取而代之。住宅与住宅之间忽然多了一大片卷心菜田。

"你知道吗？卷心菜的菜叶一开始都是打开的，然后开始往里卷起，成为在店里卖的卷心菜的形状。"喜欢卖弄学识的丈夫曾经得意地对我说过。

"是、是吗？我还以为田里开着菜叶的卷心菜没长好，是不良品。"

"你真笨。要从摊开状态慢慢卷起来的，所以才会有虫子被卷进去。要好好洗卷心菜哦。"

原来是这样，我理解了。其实女儿在小学时曾被查出过肚子里有蛔虫。如今这个时代，人们会因为"蛔虫？！"而吃惊，当时孩子肚子里有蛔虫可能只是因为吃了邻居分给我们的无农药卷心菜——我突然这么想到。上同一所小学的儿子就没有被查出过，因为做弟弟的他不喜欢生吃蔬菜，没有吃卷心菜。

和女儿一样吃了卷心菜的我和丈夫或许只是因为没有做蛔虫检查而不知情，说不定当时在我们的肚子里也有。

不过我在体检时没有查出异常，所以现在大概是没有蛔虫。

那么，各位读者是否还记得大约30年前曾经流行过的卷心菜田娃娃呢？

那是曾经在美国红极一时的娃娃，附带购入者即娃娃妈妈的保证书，长相有点吓人。

美国人为什么会觉得脸长成这样的娃娃很可爱，甚至想要成为她的妈妈呢？这是一个谜。

但不知怎么回事，我们家里就有这么一个娃娃。不确定那是被年幼的女儿缠着买的，还是爱时髦的我赶潮流买的，但总之，我们家里一直都有个卷心菜田娃娃。

再有，每到春天，我们家都会遭到鸽子的侵害。鸽子总企图在2楼朝南的屋檐下筑巢。

虽然在和平公园里遇到的鸽子很可爱，但如果它们要在家里阳台的正上方筑巢，可就没法忍了。

不但咕咕、咕咕地很吵，还会随地拉屎。

"走开啦！"虽然这么大声吓唬后，它们会瞬间逃跑，但不过 5 分钟就会重新飞回来，咕咕、咕咕地接着努力筑巢。

听说光盘的反射能有效击退鸽子，尝试后却没有效果。

就在这个时候，我在旅途中忽然看见为了吓退乌鸦而用人体模型取代稻草人竖在田间的景象。

"就是这个！"

我本能地察觉到了这一点，但偏生家里没有人体模型。于是在搜寻替代品时，我在壁橱深处找到了已经衣衫褴褛的卷心菜田娃娃。把娃娃衣服弄烂的应该是喜欢恶作剧的儿子吧。

就这样，我把长着张怪脸且衣不蔽体的卷心菜田娃娃放在屋檐下，成功地使鸽子不再靠近。

虽然和身为蔬菜的卷心菜没有直接关系，但因为娃娃，每当听到"卷心菜"这个词，我都会心生感激。

不用熬的卷心菜汤

材料（4 人份）：

培根 3 片（切成 5mm 的细条），色拉油少许，卷心菜 1/8 颗（切丝），水 3 杯，固体高汤 2 块（剁碎）。

月桂叶 1 片，盐、粗粒黑胡椒各少许。

做法：

1. 用锅加热色拉油，然后炒培根，再加入卷心菜，用大火迅速翻炒。

2. 在锅里加水、高汤块、月桂叶，迅速煮开后，再加盐、粗粒黑胡椒。为了保留卷心菜脆脆的口感，要注意别煮太久。

寿司的"王道" 加了牛油果的切丁散寿司

在我出生成长的四国,"寿司"等于"散寿司"。*

江户前握寿司之类的一年能吃上几次就已经算过得很好了。平时人们都是把香菇干、胡萝卜、竹笋、荷兰豆等蔬菜切碎后混在醋饭里当"寿司"吃。

"所谓的寿司根本就不好吃。"

我小时候一直都是这么认为的。我觉得焗奶油料理还有炸鸡块都比寿司好吃得多。

18 岁时去东京后,我震惊了。因为点了散寿司,盛放在醋饭上的是生鱼片,有鱿鱼、金枪鱼、鲑鱼子,还有虾。

---

* 散寿司指把食材盛放在碗里的醋饭上的形式,无须造型。常见的由寿司师傅用手捏制的寿司是握寿司,又称江户前握寿司。此外还有卷寿司、箱寿司、豆皮寿司等。一般来说考究的握寿司比较昂贵。

"这是散寿司？！"我因为这番豪华景象而目瞪口呆。

"在东京，散寿司的地位比握寿司更高一些。一般的握寿司不会用到鲑鱼子。"当时才认识不久的丈夫骄傲地对我说。他经常带我去东京成增的寿司店。那是 30 年以前的事了。对于贫穷的我们来说，银座的寿司店就如同梦中梦一般。

"不过，这种散寿司要怎么吃？"我这个乡下姑娘问他。

"你还真是什么都不懂啊。把生鱼片蘸过芥末和酱油，再放回醋饭上，生鱼片连饭一起吃就可以了。"

丈夫说得扬扬得意。

但这样和握寿司不就没区别了嘛，我在心中暗暗呼喊。可当时一个才满 20 岁的小姑娘也只能不情不愿地照他说的去做。

吃江户前散寿司时，很难控制好吃醋饭和生鱼片的节奏。如果控制得不好先吃光了生鱼片，就会剩下大量的醋饭。而且，没有了鱿鱼、金枪鱼等主菜的饭碗会显得很寒碜，干瓢和海苔特别显眼。

还有就是鲑鱼子。光是把鲑鱼子蘸上酱油再放回醋饭上这一点就可以作为心灵手巧大赛的比赛项目了，还得再送进嘴里。

抱歉，我不擅长吃江户前散寿司。

渐渐地，我也稍微有了点钱，于是坐在东京一流店面的吧台前吃寿司的机会也多了起来。

"比起散寿司，还是握寿司更好啊。"

我深切地感受到，而且最重要的一点就是容易吃。越是有名的店，醋饭的部分就越小，食材会全部覆盖在上面。用新鲜鱼贝覆盖在刚捏好的醋饭上，这才是寿司的王道。

抱着这种想法的我却遇上了令我心动的散寿司。在接受某家杂志采访时，午餐是外卖的散寿司。

那次吃的散寿司打破了我心中关于"散寿司"的概念。首先，所有的食材都被切成了骰子一般的丁状。鱿鱼、金枪鱼、小肌鱼、黄瓜、鸡蛋，这些全部被切成了 1cm 见方的丁，四处散在醋饭上。这叫一个吃得容易。

这份散寿司彻底弥补了江户前散寿司吃起来不方便的缺点。

我被感动了，立刻就在家中如法炮制了一番。

"这个好吃！"家人也都纷纷给予好评。但一不留神，儿子就只顾着吃金枪鱼了。儿子是这个世界上最爱吃金枪鱼的人。

虽然切丁散寿司在百货店的地下熟食店里也是常见的人气菜，但加入牛油果这一点可是我原创的。

加了牛油果的切丁散寿司

材料（4人份）：

醋饭3合*，鸡蛋2个，砂糖、鲜味调料各少许，金枪鱼赤身**150g（用吃生鱼片的酱油和等量的酒制成酱汁，把金枪鱼腌渍20分钟），鱿鱼150g（生鱼片成品），黄瓜1根，小肌鱼4片（鱼身切成3片后撒上盐在醋里浸过），牛油果1个，柠檬汁少许，绿紫苏10片（切丝后过水），鲑鱼子2大匙，市售小袋装烤海苔1袋。

做法：

1. 在鸡蛋里加入砂糖和鲜味调料，做成日式煎蛋卷。

2. 把做好的煎蛋卷和金枪鱼、鱿鱼、黄瓜、小肌鱼全部切成1cm见方的丁。

3. 牛油果削皮去芯，也切成1cm见方的丁，并洒上柠檬汁。

4. 在醋饭里加上依2、3所说的方法处理好的食材，然后在饭的中央摆上滤过水的绿紫苏和鲑鱼子。烤海苔搓碎后也撒在饭上。芥末和酱油的量请根据个人喜好添加。

---

* 合是日本人衡量用米量的单位，1合白米约为150g。合也用于说明电饭煲的最大容量，一般有3合、3.5合、5合、10合等规格，表示最多只能放这么多米来做饭，见本书第175页"不可小看随家电附送的食谱"。

** 赤身是金枪鱼身上脂肪最少、颜色最深的部分，价格较便宜。

中餐的进食控制　皮蛋豆腐

第一次吃皮蛋大概是 20 岁出头的时候。

因为丈夫的推荐，我吃了一口。

"这是什么？"

"烂了的鸭蛋。"

那种东西能吃吗？我吐了出来。实际上，皮蛋是用盐、草木灰、石灰还有泥包裹鸭蛋腌制而成的，但我一直坚信它"的确是烂的"。我受不了那特有的硫黄味，还有点像卫生间的味道。

之后在吃中餐的套餐时，只要皮蛋作为冷菜被端上桌，我都让给别人吃。

很多人围坐在圆桌边上时，总会有那么一个特别喜欢吃皮蛋的人，一边说着"可以吗？那我就把皮蛋全都吃了哦"，一边从冷菜拼盘里把皮蛋全部夹走。

中餐的冷菜拼盘经常是由皮蛋、三黄鸡、海蜇皮以及黄瓜组成的。但日本人里喜欢皮蛋和海蜇皮的是少数，所以就会发生三黄鸡和黄瓜的争夺战。

"皮蛋给你，黄瓜给我。"

"我不要海蜇皮，我要吃鸡。"

但如果上冷菜时吃太多鸡，到套餐的后半段时就会吃不下。

上大学参加漫画研究部时，在同人志完成的那天有一个惯例，就是以庆祝为名，全员一起去池袋的中餐馆吃套餐。说是全员，也就是十二三个女生。

女子大学的漫画研究部，怎么听都觉得很穷、不怎么受欢迎吧。事实也正如此。中餐套餐真是半年才有一次的大餐。

而且，当时中餐套餐的主菜是最后才上的干炸鲤鱼。

"必须得留点肚子吃干炸鲤鱼。"

"一开始吃太快的话，之后就会很糟糕哦。"

"所以，冷菜不要吃得狼吞虎咽。"

这些都是 Y 学姐的口头禅。

她总是在大家夹菜的时候高谈阔论。和她说话很开心，她也总能甩出话题带动气氛。

"柴门同学，我来告诉你一个技巧吧。" Y 学姐毕业时偷偷地告诉我，"吃中餐套餐，从大盘子里夹菜时一定要多说话。这样一来，大家就会把注意力集中在对话上而不去注意手边。然后就能趁机多夹菜了。"

的确，人在说话时会去看对方的眼睛而不看手边。相反，如果一片静寂的话，大家就都会去注意正从大盘子里夹菜的手了。

Y学姐一边告诫后辈们不要夹太多，一边伺机在聊天时偷偷地夹菜。

而一直对冷菜里的皮蛋敬谢不敏的我直到15年前在香港旅行时，才体会到它的美味。

皮蛋旁还放着许多糖醋生姜（类似吃寿司时的糖醋红姜片？），配合着一试，真是无比的好吃，完全没有怪味。

虽不清楚是皮蛋相比30年前改良了还是因为我成熟了，但如今我非常喜欢吃皮蛋。

皮 蛋 豆 腐

材料（4 人份）：

豆腐 1 块（取木棉豆腐，切成 8 到 10 等份），皮蛋 1 个（随意切
碎），生姜 1.5 块（约 20g，切末），大葱 1 根（葱白切成 4 到 5cm 长
的葱丝），芝麻油 1.5 大匙到 2 大匙，酱油适量。

做法：

豆腐放入容器中，摆上皮蛋、姜末、葱丝，淋上热过的芝麻油和
酱油。

针对夏日食欲不振　辣酱烧茄子

在西新宿有一家名叫"H"的拉面店。这里的特色是加了番茄的拉面，另外所有的菜里都会用到茄子。炒蔬菜自然不在话下，连炒饭、炒面里都有茄子。

中餐的油和茄子很搭，或许茄子和油就是好搭档吧。

只不过一旦用到油就会在意卡路里，想吃茄子却对用油而犯愁。对于有这方面烦恼的人，我推荐的就是这道辣酱烧茄子。

将茄子切片，在表面涂上少量的色拉油后用微波炉烤熟，这样茄子的表面就会呈现出像是用油炒过的色泽。又因为调料里还会用到芝麻油，所以能品尝到浓厚的重油感，卡路里却很低（应该很低吧，我不是专家所以并不会精确计算卡路里）。

简单来说，就是稍微花点心思就能增强减肥效果。

说到稍微花点心思就能做到的减肥手段，像是鸡肉必须去皮，又像是五花肉要先在热水里滚一滚再炒，我都在以我自己的方式一点一点地努力。

然而，最近流行的断糖减肥法，却和肉啦、油啦没有关系，而是完全取决于 GI 值（食物在体内引起血糖提高的速度）的高低。

我的朋友林真理子女士也在彻底摈弃碳水化合物、酒精还有甜品后减肥成功。但除了这些食物以外，她随心所欲地摄入肉类以及油类。这样那样地一比较，茄子料理不吸油的可贵之处似乎就渐渐体现不出来了。

但是，因为这道辣酱烧茄子还用到了豆瓣酱，所以会熊熊地燃烧脂肪。生姜啦、大蒜啦据说也都会提高体温。在食欲下降的夏天，这样刺激的调味恰到好处。

不过，我最近发现夏天食欲下降或许是一种幸运，甚是健康。对于不从事严酷体力劳动的我来说，夏天就算食欲下降应该也不会构成什么问题。

说起来，在女儿读小学还是初中的暑假，因为她说"没有食欲"而不吃东西，我就花功夫做了许多能促进食欲的辣菜。

然后却被女儿反驳："暑假又不去学校，天热也就只在家里待着，就算一天什么都不吃也没什么吧。为什么你总想让我吃很多？"

家人也经常这么说我："妈妈你菜做得太多了。"

因为全家都在发胖，所以即使在盛夏出现一时的食欲下降也不用强行去补充营养。的确如此。

要问我为什么每天都要不停地做这么多菜，那是因为我幼时的体验。我的母亲属于满脑子都是"小孩子就要多吃"的那类人，每天都会做吃不完的菜。而我也无法彻底摆脱她的影响。

昭和 30 年代 *，不论哪个母亲都背负着"必须让孩子胖起来"的育儿使命。

那是会举办"健康优良儿童""宝宝大赛"等活动的时代（胖小孩、胖宝宝就是会被如此称道）。

饮食的流行会和时代一起改变。"吃吸了油的茄子，胖得健康"的时代说不定也会再度来临。

---

* 指 1955—1964 年。

辣酱烧茄子

材料（4人份）：

茄子4个，色拉油少许。

生姜1块（约15g，切末），大蒜1瓣（切末），大葱半根（切成葱丝后过水）。

A：酱油、醋、色拉油各1大匙，芝麻油2大匙，豆瓣酱1小匙，砂糖1/2大匙。

做法：

1. 茄子去蒂后沿竖直方向切成4等份，再沿轴心划出切痕。在大盘子里把切好的茄子摆成圆形后涂上色拉油，盖上蒸盘用微波炉（500W）加热大约4分钟。

2. 把A混合后拌匀，然后加入生姜末和蒜末再次拌匀，制成酱汁。

3. 把做好的酱汁均匀地淋在用微波炉加热后的茄子上，再摆上葱丝。

酢橘轻挥是为高级饭馆味　鲣鱼片

在我出生的故乡德岛，什么食物都要配酢橘*。烤鱼当然不用说了，味噌汤、酱菜、生鱼片也不例外，总之每天的饭桌上酢橘都不可或缺。

夏天的素面汁**会用酢橘，冬天吃锅料理时的蘸汤里也会用酢橘汁来代替橙醋。

酢橘的时令是什么时候来着？

---

* 酢橘（すだち）和下文提到的臭橙（かぼす）、柚子都是可以用于料理的日本柑橘。其中，酢橘和臭橙都是青色果皮、黄色果肉，柚子则实为香橙，橙醋即用这些日本柑橘类水果的果汁制作的调味料。

** 日式面条如素面、乌冬面、荞麦面等在食用时会用到各种市售调味面汁。面汁可冲泡做汤底或直接蘸用，也可作为调味汁在做菜时使用，见本书第151页"面汁炖鱼也要讲究"。

虽然生于德岛，我对此却一无所知。不过这也是因为直到高中毕业，在德岛生活的那段时间里我都并不喜欢酢橘。

"为什么妈妈什么里面都要放酢橘？"我很火大。

归根结底，十多岁的时候我并不怎么喜欢和食。

肯定是意大利面啦、牛肉饼啦这些好吃。我相信牛排才是大餐，烤鱼是穷人的伙食。

如今我自然已经知道三块进口牛排的价格才能和一条金吉鱼相比，但小时候我坚信肉才算豪华，鱼就代表粗陋。

所以，晚饭时如果看到和食，就会想："啊，今天真是寒碜。"酢橘的香气，也都飘在这穷酸的回忆之中。

而在东京的超市遇上酢橘，我才发现它完全不寒碜，2个就要150日元左右。按大小来计算，似乎比柚子以及臭橙要贵。

但在小时候，酢橘就连酸味也似乎平添了几分穷酸之气。穷酸穷酸，穷得发酸。

对我来说，酸味还和提供的伙食中盛在铝制容器里的醋拌粉丝有关。一旦住院，用三杯醋*拌过的粉丝、黄瓜加火腿就一定会出现在病号餐里。

我最不爱吃的就是盛在铝制容器里的醋拌凉菜。

不过，人的味觉是会变的。过了 30 岁，我成了和食党，比

---

* 将醋、酱油、砂糖以 1∶1∶1 的比例混合而成的调味汁，常用于烹饪鱼类、蔬菜等。

起牛排我更愿意选择烤鱼。

而且，我还会很自大地说："吃烤鱼必须得配酢橘。普通的秋刀鱼如果洒点酢橘汁就会有高级饭馆的味道哦。"

长大成人、味觉也发达后，我终于意识到酢橘那青涩的香气以及恰到好处的酸味所具有的魅力。

不会酸过头，也没有臭橙类的甜。

虽然这么说对臭橙不敬，但臭橙的味道比较大路。而酢橘却小巧、可爱，又饱含着高级的酸味。说到这个份儿上，也算是我对家乡的偏爱吧。

不过，我的家人比我更讨厌酸味。所以，醋拌凉菜不存在于我们家的食谱里。

不光锅料理禁止放橙醋，吃涮涮锅也不用橙醋调味汁，而是蘸酱油调味汁。

虽然孩子们这样让我很是无奈，但连年过六十的丈夫都会说："不要放醋。"

所以，酢橘是我的专用。虽然这道鲣鱼片为了香味用到了酢橘，但孩子们对这么一点都会产生抗拒反应："放什么了？好酸。"

说起来，儿童套餐里完全没有酸的食物。抗拒酸味是小孩的标志。

或许不喜欢吃咕噜肉的丈夫至今也还是个小孩。

鲣 鱼 片

材料（4人份）：

拍松的鲣鱼肉1条（须为鱼背肉），大蒜2瓣（切薄片），生姜2
块（约30g，切末），小葱半捆（切成小段）。

酢橘1只（装饰用），酱油、姜末各适量。

A：酱油、味淋、酢橘汁各适量。

做法：

1. 把拍松的鲣鱼肉斜向切成7到8mm厚的鱼片，摆在盘子上。

2. 把大蒜、生姜、小葱放在摆好的鱼片上，淋上A。把对半切开
的酢橘摆盘，暂时放入冰箱里冷藏。

3. 把酱油和姜末倒进小碟做成蘸汁。取出冷藏好的鱼肉并搅拌
均匀，就着蘸汁食用。

故乡的名产干虾　茄子炖干虾

"茄子炖干虾"的重点是干虾。

这里说的干虾是德岛名产，在德岛以外很难买到。摆在超市的中式食材角里的干虾则有点似是而非。

在德岛，干虾会用于所有的料理。既有像这次的食谱里那样和蔬菜一起炖的，也有不浸水，直接洒上酢橘汁就当下酒菜的。有时候还会被活用为素面汁的材料，切碎了混在炒饭里也很好吃。

虽然如今在被问起"你故乡德岛的名产是什么？"时，我能很自豪地回答"是干虾"，但其实直到20多年前，我都吃不下干虾。

那是在小学三四年级的时候。

一个人看家的我必须得自己做午饭，但那个年纪的我能做的也就只有煮速食面了。

当时还没有发明杯装泡面，我像平时一样从袋子里取出速食面放进锅里煮，撒上粉末状的高汤粉后，把做好的面倒进碗里啜了一口汤，心想："啊，这是干虾拉面。"

在德岛有这样的风俗习惯：做素面汤的时候，经常会放干虾进去煮。而被熬出高汤后的干虾会原封不动地留在素面汤里，作为佐料配着素面一起吃。

所以，那个时候我以为自己吃到了速食面高汤里的干虾，完全没察觉那是在过了保质期的速食面里长出来的虫。

之后有 20 年，我都吃不下干虾。特别是面汤里的干虾，或是炖菜里的干虾。

茄子炖干虾是我母亲的拿手好菜，虽然我原本从小一直吃，但在那次长了虫的速食面体验之后，我就不断拜托母亲："茄子炖干虾里不要放干虾。"

我会喜欢上并且能再次吃下干虾是因为我发现，每当把干虾作为德岛特产送人时，对方都会非常高兴。

"德岛的干虾，真的很好吃啊。"

在一片赞誉声中，我开始改变想法：既然被说得这么好吃，那就吃吃看吧。

而且，即使是再不堪的回忆，过了 20 年也都已经风化了。

德岛的干虾以鲜红的虾身为特征，这和中式食材区卖的"干燥虾"那种暗褐色截然不同。

"这红色怎么看都不是虫，是虾。"于是，我接受了干虾。

相对的，我至今都吃不下中式食材里的干虾，毕竟还是有点像小虫。

所以，干虾可喜可贺地作为食材重新加入了我们家的炖茄子队伍。

茄子炖干虾

材料（4人份）：

茄子5个，色拉油2到3大匙，高汤2杯（用2杯水和1小匙日式高汤粉兑成）。

德岛产干虾20g，炸鱼饼4小片（每片再切成3到4块）。

A：酒、味淋各1大匙，酱油3大匙。

做法：

1. 茄子去蒂，切成1cm厚的圆片。

2. 用平底锅加热色拉油，然后用中火炒茄子。待茄子大致均匀吸油后，加入高汤、干虾、炸鱼饼以及A。

3. 把锅里的食材烧透后盖上炖菜专用盖 *，再盖上锅盖炖7到8分钟，连汤汁一起放凉。

---

* 做日式炖菜时，为了防止汤汁溢出、煮干或是味道散掉，会用到一种比锅小一圈、可直接贴在食材上的盖子。若想煮得更久、更入味，可再盖上正常的锅盖。

你喜欢圆的年糕还是方的? 杂煮（山口县风味）

在我生长的四国德岛，做杂煮时用的是圆的年糕和白味噌。

年糕不能烤，而是要煮。对我来说，杂煮就是萝卜、胡萝卜在甜甜的味噌汤里和年糕一起变得软软的食物。

然而，结婚后的第一个正月，丈夫却对着我做的杂煮惊呼："这、这是什么？年糕软趴趴的！"

年糕就该是软趴趴的。"放了年糕后软趴趴的，这么便宜，真不好意思"——上一代的林家三平老师*不也这么说过吗？（或许读者会看不懂，这么古老，真不好意思。）

"那么，什么样的年糕才算好？"

---

* 林家三平是日本传统艺能落语其中一个流派的传承人名号，此处指当时继承此名号的艺人。这句话出自林家三平在昭和时代出演的一则电视广告，因幽默和朗朗上口而广为流传。

"方方的，有点焦的。"

"难以置信，竟然用烤过的年糕做杂煮。"

在四国生长了18年的人就会持有这种看法。

我咄咄逼人地问丈夫："那么，山口县（丈夫的故乡）的杂煮是怎么做的？"于是丈夫去厨房做了他说的杂煮。

"怎么样？"

丈夫很得意，这似乎是他颇为自得的一道菜。

然而这并不能轻易化解我18年来被"洗脑"后的观念："好吃是好吃，但这不是杂煮。"

所以一直到孩子出生，我家正月时都会做两种杂煮。

"黏糊糊的年糕不好吃。"

等孩子这么说了以后，我的圆年糕白味噌汤杂煮才终于消失。还有一个重大的理由是，白味噌不好处理。

除了正月做杂煮，我没有其他机会用白味噌。正月被开封的白味噌袋会在冷藏室里一直待到迎来除夕。

我家以前住着两代人。虽然丈夫的双亲平时用自己的厨房，但正月的时候会和我们一起吃杂煮。当然是用烤过的方年糕和高汤做的山口县杂煮。毕竟除了我以外全体都是山口县人和其子孙。

尤其是公公，因为年事已高，所以在吃杂煮里的年糕时，全体家人都会提醒他。

"爷爷，年糕要嚼细了再咽。"

"爷爷，别让年糕噎到喉咙。"

孩子们都提心吊胆停下筷子，注视着爷爷的年糕。

为什么新年的新闻里会播报被年糕噎到的人数？就算不是正月，也有许多人被年糕噎到吧。那个被播报的数字总是会给正月的餐桌带来恐怖与紧张的气氛。

过了正月，当我嫌做早餐麻烦时，就经常把多出来的年糕烤一烤做成矶边卷给孩子们吃。做法是把在烤箱里烤过的年糕淋上酱油，再包上海苔就好，很简单。简单却好吃，还很耐饿，所以得到了孩子们的好评。

不过，看到儿子睡眼惺忪地猛吃年糕，我也会提心吊胆。

"把年糕嚼细了再咽下去，别让年糕噎到喉咙。"

"既然你这么担心，就别偷懒，好好做早饭啊。"

您说得对。

我小时候会在刚捣好的柔软的圆年糕上撒满细砂糖当零食。虽然很简单，但也确实好吃。

杂煮（山口县风味）

材料（4人份）：

高汤（用3杯水和1小匙半日式高汤粉兑成），切成薄片的鸭胸肉或者鸡腿肉80到100g，酱油1小匙，盐1小匙半，年糕8块，鱼糕1/3条（切成8片薄片），鸭儿芹1捆（每3根打成结），鲑鱼子3到4大茶匙。

做法：

1. 在锅里倒入高汤后煮沸，加入鸭胸肉或者鸡腿肉，撇去浮沫后再煮3到4分钟，并加入酱油、盐。

2. 用烤箱把年糕烤至焦黄色后放入碗中，每碗两块，再摆上鱼糕、鸭儿芹、鲑鱼子以及煮好的鸭胸肉或者鸡腿肉。

3. 将煮过肉的滚热高汤缓缓倒入碗中。

责编的菜谱 金平莲藕炒海胆

　　金平*莲藕炒海胆是某本漫画杂志的女性编辑来玩的时候做的一道菜。莲藕和胡萝卜都切得比较大块，要炒得稍微夹生，既有嚼劲又好吃。所谓的新鲜海胆，最近也能以一袋380日元左右的价格买到，在我年轻时这是令人无法置信的低价。

　　在学生时代，有一次我想吃新鲜海胆想到难以自拔，就去附近的超市买袋装海胆，结果一袋要1000日元以上。我就和朋友一人出了一半的钱，把海胆对半分着吃掉了。对半分后的海胆长度大约只有2.5cm，但我还是因为吃到了海胆而大大满足。

---

* 金平是一种日本小菜的做法，用糖、酱油等调味料搭配切丝后的食材炒制而成，甜咸口味。多使用莲藕、牛蒡、胡萝卜等根茎类蔬菜。在民间故事中，金太郎的儿子金平力大无穷，过去的日本人认为牛蒡等蔬菜有增强体力的功效，便把这种做法起名为金平。

比起过去，如今能以令人吃惊的低价买到海胆这种食材。

新鲜海胆如此，甜虾也是，300日元左右的袋装甜虾就多到吃不完。以前，这在寿司店都属于高级食材。

"甜虾吃到饱是我的梦想。"曾经有朋友这么对我说过。她的梦想应该早就实现了吧。

松茸也是，产自中国的松茸三朵580日元。因为丈夫晚归、孩子们也不在，我就把三朵松茸放在锡纸上蒸熟，再淋上酱油和酢橘汁后独自享用，并没有遭什么天谴。

海胆、甜虾、松茸的价格虽然便宜了，味道却没有变差，便宜也好吃。这是非常美好的事。

有一天，我邀请编辑们在我家开寿喜锅宴会。我拜托一名男性编辑："费用我之后报销，去超市买点肉来。"因为要买5人份，所以是700克的牛肉。

然而，当他从超市买完东西回来，我看着袋子里的肉吃了一惊。从100克400多日元的到100克1000多日元的，有三种牛肉，他每种买了两袋。

"说了我请客，我是拜托你买最贵的牛肉吧？"

"不是啦，我想说不定便宜的肉里也会有出人意料好吃的，就混了一些100克460日元的牛肉。"

跟预想的一样，用这些牛肉做出来的寿喜锅，价格贵的肉柔软而美味，便宜的肉不但硬，还筋筋拉拉。

"真奇怪，有的秋刀鱼虽然便宜，却很好吃。"他大惑不解。

"S先生（他的名字），如果秋刀鱼丰收，价格就会下降，所以才会有既好吃又便宜的秋刀鱼。但没听说过食用牛有什么丰收吧？市场上不会突然提供大量的牛肉，所以牛肉的价格是稳定的。又不是散养牛群、开拓西部时代的美国。"我挺着胸膛说。

不过，在因疯牛病问题而引起社会很大震动的时期，牛肉价格曾暴跌过。那个时期，S先生所提出的"便宜又好吃的牛肉"确实存在过。要问为什么我会知道当时暴跌的牛肉好吃，是因为我果敢地在那个时期买过牛肉。我觉得就数据上来说应该没什么问题，还有就是出自勇于献身的作家精神：买了疯牛病肉吃，能作为散文素材呀。

金平莲藕炒海胆

材料（4人份）：

莲藕1/4段（约200g），胡萝卜1根，海胆酱2大匙（新鲜海胆或盐渍海胆也可以），芝麻油1大匙，酒1大匙，酱油、味淋各2小匙。

做法：

1. 莲藕去皮后切成块并过水，再滤干水分。胡萝卜也去皮后切块。

2. 把芝麻油倒入平底锅中加热，先炒胡萝卜，然后加入莲藕，用偏弱的中火充分炒8到10分钟。

3. 顺次加入酒、酱油、味淋，直到汤汁收尽，再加入海胆酱充分翻炒。

蛋料理的回忆　用剩余食材做成的西班牙风味煎蛋饼

　　在下雨或是因为感冒而不想去买东西的日子，我就会搜刮冰箱，设法用剩下的食材来应付过去。

　　这一天还有一些做便当剩下的肉糜。在我家有着稳定地位的三色便当的做法就是把肉糜、炒蛋、煮扁豆切碎后铺满饭盒。

　　我想到了用这些肉糜来做煎蛋饼，而且还是西班牙风味煎蛋饼。

　　学生时代我曾借住在东武东上线的常盘台站附近。车站前的建筑物里，地下1层有一间西洋风格的居酒屋，那里有一道菜就是西班牙风味煎蛋饼。

　　煎蛋饼的配料用到了芝士和土豆，这令我很吃惊。因为在家乡德岛，母亲做煎蛋饼时配料只有肉糜、洋葱和青椒。而且这道西班牙风味煎蛋饼软绵绵的，就像是加了配料的厚蛋烧。

尽管我没有去过西班牙，不是很了解，但我觉得就像那不勒斯其实不存在那不勒斯意面一样，实际上西班牙也没有西班牙风味煎蛋饼。

说起煎蛋饼，就会想到酒店的早餐里经常会有的色泽鲜黄的那种。如果是自助餐，还能在蛋料理区看着厨师把蛋饼煎好，并会根据顾客的要求而放入蘑菇还有芝士。那真是非常漂亮的黄色，不会出现焦黄，蛋饼半生半熟的部分也是绝妙。一流酒店的厨师就是不一样。我自己做的时候，打不匀蛋清和蛋黄，所以做出来的煎蛋饼会在一片黄色中冒出几道白色。应该要打得更仔细均匀吧。

最近我的丈夫因为在意胆固醇值而尽量不摄入蛋黄，早餐时也会把荷包蛋的蛋黄部分给我，自己只吃蛋白部分。

理由是"蛋黄会提高胆固醇值"。

丈夫还会把面包皮和不甜的酸橘子给我吃。当我提出抗议，说他"把自己不喜欢吃的东西都给我"后，他却狡辩说："你说你喜欢吃面包皮和酸酸的橘子，我这不是给你吃嘛。"

虽然我确实说过"这么好吃的面包皮为什么要剩下"以及"就算橘子不甜我也吃得下去"，但我不记得曾说过特别喜欢鸡蛋的蛋黄。

前一阵，从九州别府旅行回来的丈夫买了特产温泉鸡蛋。别府"海地狱"的温泉鸡蛋因为酱油渗透到蛋黄里而有着绝妙的滋味，而且蛋清是凝固的，内里却是半熟的流黄。只对蛋黄调味究竟是怎么做到的呢？我一直对此感到万分不可思议。我们夫妻都非常喜欢那里的温泉鸡蛋。

然而打开一看，买来的 4 个温泉鸡蛋都只剩下蛋白，蛋黄已经被吃掉了。

"蛋白你来吃。"

胆固醇值到底怎么样了？说起来，他还大口大口吃了蛋白和蛋黄混在一起的煎蛋饼。

还不就是要独霸美味的性格嘛！

用剩余食材做成的西班牙风味煎蛋饼

材料（4人份）：

鸡蛋4个（打匀），牛肉末50g，芝麻油1小匙。

橄榄油2大匙，大蒜1大瓣（切末），洋葱1/3颗（切成1cm见方的丁），杏鲍菇1个（按长度切成2段或3段，再切成薄片），青椒1个（切成1.5cm见方的丁），番茄半个（适当切块），盐、黑胡椒各少许，奶油奶酪80g（切成2cm见方的丁）。

A：酒、酱油、味淋各1/2大匙，砂糖2小匙。

做法：

1. 在平底锅里倒入芝麻油加热后，加入牛肉末并炒散。用A调味后盛起备用。

2. 在平底锅里倒入橄榄油加热后，把大蒜、洋葱炒到变软，然后加入杏鲍菇、青椒、番茄继续炒，用盐、黑胡椒调味。

3. 加入炒好并调味的牛肉末，再均匀倒入打匀的蛋液。完全搅拌后加入半熟的奶油奶酪，把火关小后干蒸。待凝固后翻面，切成适合装盘食用的大小。

说到干制品…… 小鱼芥菜末

对德岛县民来说，小干白鱼是不可或缺的食材。

我们家的餐桌上一年到头都有小干白鱼，用洒上酱油和酢橘汁的萝卜泥加小干白鱼来配米饭是很基本的吃法。

对其他县的人来说，酒喝到最后，应该是呼噜呼噜吃碗茶泡饭，或者是就着酱菜用白饭来结尾，但对于德岛县民却是小干白鱼配饭。或者是对我们家来说吧。不过，德岛站前的所有特产店都有卖，所以德岛县民一定特别钟爱小干白鱼。

我不是很了解小干白鱼的制作方法，大概是靠日晒吧。德岛气候温暖，特别是面朝濑户内海的地区极少下雨，很适合日晒。

鸣门海峡能种植灰裙带菜、设置盐田等都是因为利用了这种气候。在我还是小学生时，鸣门海峡那里还有盐田。在海滨把海水蒸发，再继续蒸到结晶后取盐。我觉得在那个时候，说起来虽已进入昭和年间，人们过的却是近似于明治时代的生活。不过仅限于德岛。

说到德岛的干制品，我小时候曾经玩过做蝌蚪干的游戏。

用水桶打起满是蝌蚪的池塘水，然后哗地倒在柏油路上。和水一起被倒在地面上的蝌蚪很快就会变成小干白鱼的状态。

即便这样，蝌蚪干也不能蘸着酱油和酢橘汁吃。如今回想起来，不禁觉得那是很残酷的游戏。不过，对那个池塘周围因为青蛙叫声而烦闷的人来说，还是起到点作用的吧……

做小鱼芥菜末是我所想到的利用多余小干白鱼的方法。

我们家里只有我一个土生土长的德岛县人，小干白鱼配饭并不受欢迎。山口县出身的丈夫和在东京成长的孩子们也都吃不了酢橘，所以我在网上买的小干白鱼就会剩下来。

被邻居请到家里吃饭时，我通过沙丁鱼沙拉这道菜遇上了酥脆的小干白鱼。

"啊！拌在沙拉里的酥酥脆脆的小干白鱼真好吃（做客时的措辞）。这是怎么做的？"我问这一家的主妇。

"用平底锅干煎。嗯，大概用小火煎 20 分钟左右吧。"

我试着照她说的去做，也的确煎出了那样的小干白鱼，但是要煎 20 分钟，这太痛苦了。

如果是用锅煮 40 分钟，那么只要不时看一下火势就可以了，但干煎需要一直站着不停地摇晃平底锅。

等一下。如果只是沥干水分，用微波炉是不是也能行？我忽然想到这一点。

　　我想起以前没用保鲜膜就把汉堡放进微波炉加热，面包变得完全没有水分，干巴巴的。

　　于是，我开始尝试用微波炉来做酥脆小干白鱼。然后，很顺利。

　　把小干白鱼平铺在大盘子里加热，不用保鲜膜。然后拌匀，再加热。加起来大概5分钟。

　　微波炉真是方便。如果用得好，或许还能从海水里提取出盐。一定也能做出蝌蚪干，虽然我已经不想再做那么残酷的事了。

小鱼芥菜末

材料（做起来方便的量）：

小干白鱼150g，腌芥菜150g，芝麻油1小匙，辣椒1小个（去芯切成小块），酱油适量。

做法：

1. 把小干白鱼铺开在耐高温的容器里，用微波炉（500W）加热1分30秒后取出并搅拌开，再用微波炉加热2分钟。

2. 把腌芥菜切碎后滤去汁水。

3. 在平底锅里加入芝麻油并加热，放入辣椒和处理后的小干白鱼以及芥菜并充分翻炒。根据个人喜好均匀地加入适量酱油。

第二章

饮食牵系家人

离乳餐之战　意式蔬菜浓汤

这道意式蔬菜浓汤，实际上改良自离乳餐。

育儿书上写着，把蔬菜切丁后熬汤，还说"冰箱里的任何蔬菜都可以"，所以从萝卜到芜菁我都试着煮过。在不断的错误尝试中，终于确认了最佳食材。在孩子们还小的时候，我曾用青椒来代替水芹。

离乳餐……

现在回想起来那都是段痛苦的日子。我完全想不出要给还没有长出牙齿的小宝宝吃什么好。

用作参考的育儿书上动不动就会写"要用滤网""要仔细消毒工具""不要用化学调味料"等等烦琐的注释，光看这些就感到心惊胆战。

而且，花那么多功夫只够 1 个人吃。用开水给砧板消毒，也要给手消毒，用海带片和干鲣鱼熬高汤，鸡蛋、土豆都要用滤网磨细，而这些只是宝宝餐具里一只小碗盛的离乳餐。

在女儿小时候，我尚且会严格遵照育儿书做离乳餐，但之后的孩子从出生后就经常蒙受罐装婴儿食品的关爱。

其中，香蕉布丁非常好吃。是的，我也会一起吃。不过如果要我亲手做香蕉布丁，我大概会因为压力而歇斯底里地发作吧。

我觉得让一个母亲抱着小宝宝去做费功夫的离乳餐，可以算是一种霸凌。

"谢谢食品厂商，在工厂制作了那么多劳神费力的离乳餐。"

我打从心底感谢他们。我感谢罐头，还有味噌汤汤料。

我曾把味噌汤的汤料（土豆啦、豆腐啦、南瓜啦）弄得又软又细后拌在粥里（育儿书里还罗里吧嗦地把粥分成米粒煮的偏烂的、米粒稍硬）给小宝宝吃。

不过孩子并不怎么肯吃。我尝了尝，确实难吃。香蕉布丁要好吃好几倍。小婴儿也是懂味道的。

市面上有售的婴儿食品里，咸味仙贝这种零食也很好吃。可这样一来不就完全变成为了满足我的喜好而买婴儿食品了吗？虽然确实就是这样。

接着，就进入了"粥饭"的阶段。在粥里放入当晚的菜后拌得软软的，然后喂到小宝宝的嘴里。

蒸鱼、烤鱼、肉丸子、炸肉饼，全都在妈妈的筷子下被夹碎拌入粥里，然后再用调羹拌得柔软稀烂后喂食。

不过还是很难吃。

"把大人吃的菜加工成离乳餐已经到了极限。比起这么做，还是让大人也一起吃离乳餐吧。"

我终于发现了这一点。

给婴儿吃的香蕉布丁还有咸味仙贝不是都很好吃吗？让宝宝独占太浪费了。

在那以后，渐渐进化的我购买了专门的离乳餐食谱，然后挑战其中让我觉得大人也吃得下去的食谱。

在数次挑战之后，至今仍在我们家菜单里雷打不动的就是这道意式蔬菜浓汤。

不过，你有没有觉得有许多日本人都把意式蔬菜浓汤（minestrone）念成了意式蔬菜龙汤（minestorone）？

意式蔬菜浓汤

材料（4人份）：

　　培根50g（沿竖直方向对半切开，再切成1cm大小），洋葱1/4个（切末），芹菜半根（去筋后切碎），土豆1个（切成1cm见方的丁并过水），胡萝卜1小根（切成小块），番茄2小颗（去芯切丁），卷心菜1/4棵（选个头小的，然后切成2cm见方的块），橄榄油1大匙，水3杯，固体高汤2块（剁碎），月桂叶1片，螺旋意面30g，盐、胡椒各少许，芝士粉适量。

做法：

　　1. 把橄榄油倒入厚底锅加热，然后加入培根、洋葱、芹菜，用偏弱的中火快速翻炒。

　　2. 加入剩余的蔬菜，快速翻炒后加水。加入固体高汤、月桂叶后盖上锅盖，煮12到13分钟。

　　3. 在锅里加入意面，按包装袋上的提示时间煮，并加入盐和胡椒调味。最后根据个人喜好撒上芝士粉。

赤身变中脂　牛油果葱花金枪鱼吐司

是谁第一个想到葱花金枪鱼和牛油果这一组合的呢？

我记得自己是在 20 年前，通过电视上的料理节目知道了"葱花金枪鱼 & 牛油果"。

牛油果搭配金枪鱼的好，是在美国旅行时吃加利福尼亚卷 *
体会到的。配合牛油果的厚实口感，普通的赤身肉拥有了极上中
脂肉的味道。

赤身金枪鱼拌牛油果和绿紫苏也是在我们家很受欢迎的一

* 加利福尼亚卷是日本人在美国（也有说是在加拿大）发明的，因在加州发扬光大
而得名。为了打开没有生食鱼虾习惯的西方市场，通常是用煮熟的蟹肉、牛油果、
芝麻和醋饭卷成的，且海苔一般要反卷在醋饭内部，让卖相更佳。加州卷逐渐为人
接受后，包括金枪鱼在内的生鱼也开始被使用，并逆输入至日本，成为沙拉卷的一
种。

道菜。

吃法是把赤身金枪鱼和牛油果切丁后，拌上芥末味酱油和切成丝的绿紫苏叶，盖在热乎乎的白饭上，实在好吃得不得了。

我由衷觉得能发现金枪鱼和牛油果这个组合的人很了不起。

尚未遇上金枪鱼时，我是把蛋黄酱浇满在牛油果上吃的。那是我结婚之前的事。

那时，在乡下长大的我没见过牛油果，完全不懂应该怎么去皮、怎么吃。

"这是很有营养价值的水果。"

丈夫（当时还是教我画漫画的师父*）一边说着，一边把牛油果竖切为二，挖去中间的核，然后把蛋黄酱挤在了本是核的球状凹陷处。

很异样的厚实口感。

这也难怪。毕竟是牛油果，还加上了蛋黄酱。有人会用蛋黄酱浇中脂金枪鱼吃吗？

"怎么样，好吃吧？"

他很得意。自打与他相遇一直到现在，他总是自信满满。

"唔……"

我不知该怎么回答。

在当时，牛油果是昂贵而稀罕的水果。一个大概要 398 日

---

* 柴门文的丈夫是日本著名漫画家弘兼宪史，代表作是"岛耕作"系列。

元，所以并不是能随便吃到的东西。结婚以后我吃到蛋黄酱淋牛油果的机会也不多。

"哦哦，牛油果很好吃啊。"

我再次认识到这一点是在吃了附近的寿司外卖店的加利福尼亚沙拉卷之后。

大饭卷的中心是用莴苣包着的蛋黄酱拌虾和牛油果，周围则是醋饭，最外面裹着海苔，蘸上少许酱油后非常好吃。

牛油果和蛋黄酱，再加上酱油——果然酱油是关键。就算是一整个牛油果加蛋黄酱，如果能滴上一滴酱油，或许就会有不一样的味道了吧。

有牛油果的加利福尼亚沙拉卷是女儿的挚爱。

在只上半天课的周六午后（当时），以及周日的白天，我会偷懒用加利福尼亚沙拉卷当午餐。而女儿会兴高采烈地直说"好吃、好吃"。

大约在 10 年前，女儿开始独立生活后，我们就不再吃这种沙拉卷了。

因为还留在家里的儿子是生鱼片派，不怎么喜欢沙拉卷，所以主要就是吃金枪鱼牛油果拌芥末味酱油。

丈夫喜欢把这些混在一起放在烤过的吐司片上吃，因为和啤酒很搭，所以我经常做。

随着家庭构成的变化，菜式也会变化。如果孩子们没有诞生，或许我还一直在吃蛋黄酱淋牛油果。

牛油果葱花金枪鱼吐司

材料（4人份）：

市售成品葱花金枪鱼100g，牛油果1个。

法式长棍面包1根（按8mm的厚度切成15到16块），烤海苔1片。

A：芥末酱1/2小匙，酱油1大匙。

做法：

1. 把牛油果沿纵向对半切开，去核并刨皮后放进碗里捣碎。

2. 在捣碎的牛油果泥里加入葱花，浇入混合好的A并轻轻拌匀。

3. 把拌匀的牛油果葱花金枪鱼摆在切成吐司状的法式长棍面包上，撒上弄碎的烤海苔。

茄子是什么味道？ 炸夹心茄子

大约 40 年前，在故乡的德岛站前有一家名叫"甲子园"的中华料理店。我非常喜欢那里的肉丸子。

刚炸好的肉丸子热乎乎的，蘸上番茄酱或黄芥末酱后，我会一边呼呼吹气一边塞进嘴里。

到了东京以后，街上的中华料理店里的肉丸子大多数是糖醋的，没有再见过刚炸好的原味肉丸子。

虽然我无数次尝试自己做"甲子园"的肉丸子，但年轻时的我既不喜欢也不擅长做菜，怎么都想不出做中华肉丸子的办法，最终只好放弃。

至于超市里卖的肉丸子，不论是蒸煮袋装食品还是冷冻食品，也全是糖醋口味的。

"就没有不是糖醋的肉丸子吗？"

我总是在超市的冷冻食品柜台前生闷气。

结婚后没多久，丈夫教了我饺子馅的做法。

虽然不做饺子皮，但要把馅做好——丈夫对此很执着。

然而因为馅做得太多，在包完饺子后会剩一团馅。

于是，我把馅捏成丸子，用油去炸——

"这、这个是'甲子园'的肉丸子！"

但是，不知道"甲子园"的家人并不喜欢这种肉丸子。对我家的孩子们来说，肉丸子等于糖醋味道的，又或者是石井*的肉丸子。

即使如此，我们家还是会灵活多变地使用饺子馅。

这道炸夹心茄子里用到的原本就是饺子馅，但是省去了韭菜和白菜。

炸夹心茄子里的馅也适合用于所有炸夹心蔬菜。话虽这么说，我们家会做的其实只有茄子或莲藕。

儿子讨厌茄子，一直到小学高年级都完全不肯吃。问他讨厌的原因，他说"因为没味道"。

被这么一说，我也觉得茄子似乎确实没有味道。用油炒过以后就是油的味道，烤过后蘸酱油就是酱油的味道。

茄子是用来衬托油以及酱油味道的食材吗？

若被问及茄子是什么味道，我或许会回答"微微的、很浅

---

* 指石井食品株式会社，冷冻肉丸子是其招牌商品。

淡，能让人感觉到油里的稍许甜味"，又或者"有淡淡幽香，能衬托出酱油和生姜风味"。

不过，反过来利用这种无味后，我成功地让儿子吃下了茄子。

经常有这样的小孩：喜欢吃肉但不喜欢吃蔬菜，还喜欢吃油炸食品。

而炸夹心茄子只有肉和油的味道，而且还能加上酱油。

对当时的儿子来说，炸夹心茄子应该就只是油炸肉末蘸酱油的味道。

同时，炸夹心莲藕也和炸夹心茄子一样被摆上了餐桌。

对儿子来说，这应该也只是油炸肉末蘸酱油的味道。

莲藕和茄子一样淡而无味，区别只在于口感（茄子软软的，莲藕脆脆的）。

不过，喜欢没有蔬菜味道的油炸肉末的儿子和喜欢"甲子园"肉丸子的我本质不是一样的吗？遗传真是可怕。

炸夹心茄子

材料（4人份）：

茄子6小个，猪肉末150g。

鸡蛋1个，淀粉、色拉油各适量。

A：生姜1块（约15g，切末），大葱1段（5cm，切末），芝麻油1小匙，盐、胡椒各少许。

做法：

1. 茄子去蒂后沿纵向切开，再沿纵向划出切痕后过水，并沥干水分。

2. 把猪肉末和A倒入碗里，搅拌至产生黏性。

3. 用茄子夹上搅拌好的肉馅，然后依次蘸淀粉和打匀的蛋液，并再蘸一次淀粉做面衣。

4. 在锅里倒入色拉油，待油温升到180℃后炸茄子。

学自料理节目　番茄咖喱烩饭

思考每天的菜式真的很辛苦。

虽然翻遍了家里的料理书，但有的做起来麻烦，有的很难买到食材，有的做过一次却很难吃，很少遇上能令人拍案叫绝的食谱。

如果没法从料理书里找到灵感，下一步就是看料理节目了。料理节目很有用。需要用笔写的只有食谱里的调味料用量，步骤在心里记住就好。如果连步骤都用写的，就会因为字迹太潦草导致连本人重新再看的时候也不知道到底写了什么。所以，记录做菜步骤是没用的。

电视上学来的食谱虽然成功率高，做起来方便又好吃，但有一点却很成问题——它只能用来做当天学会的菜式。几个星期后再看笔记，就只看到"味噌2大匙、酱油1大匙、酒少许"，完全想不起来这是什么菜。

但唯有一道料理是我从电视上得来灵感并一直都在家里做的，就是这道番茄咖喱烩饭。

其实它并不是料理节目里介绍的，而是出现在新闻节目的特辑里。像是《潜入！百货店地下美食》，又像是《让人甘心排队的店》这种美食系特辑，介绍番茄咖喱烩饭的节目名叫《梦幻口味再发现！》。

"我想再吃一次小时候父母带我去的西餐店的'东方米饭'。"

那档节目的主旨就是寻找诸如这封观众来信中提到的"东方米饭"。

而改进后的"东方米饭"就是我这道"番茄咖喱烩饭"。

节目里虽然公开了料理步骤，但没有给出详细的食谱。

即使这样，我至今还是能做这道料理。这是为什么呢？因为——它没有什么要记的。

把洋葱、培根、冷饭炒过后用番茄和咖喱粉调味，浇上白酱后送进烤箱烤。

嗯，简单到用 15 秒就能说完。

可喜的是它很好吃，特别受孩子们的欢迎。给节目写信的观众也提到小时候觉得特别好吃。果然对小孩子来说，番茄加咖喱加白酱，是最棒的三位一体口感。

而当时我家的孩子们的口头禅是——

"这是妈妈做的吗？"

在孩子们和擅长活用超市、百货店熟食区的我之间总是重复这样的对话：

"妈妈，今天的菜很好吃啊。"

"是在西武*的地下买的。"

"这个芝士烩意面好吃。"

"就是把冷冻芝士烩意面微波炉里热一下。"

第一次把番茄咖喱烩饭摆上餐桌时孩子们也问过：

"好吃，不过，这是妈妈做的吗？"

我刚想自豪地说"这当然是妈妈做的"，突然想起白酱用的是罐头成品。

唔……到底有几分能堂而皇之地说成是"妈妈亲手做的"呢？

---

*　指西武连锁百货。

番茄咖喱烩饭

材料（4人份）：

黄油、色拉油各1/3大匙，洋葱2小个（切末），培根8片（切成2cm大小），冷饭4小碗的量，番茄酱半杯多一点，咖喱粉1大匙多一点，市售成品白酱1罐（290g），芝士粉、黄油各1大匙，白煮蛋4个（切成圆片）。

做法：

1. 用平底锅加热黄油和色拉油，然后加入洋葱和培根翻炒。接着加入米饭继续翻炒，并加入番茄酱、咖喱粉和盐炒匀。

2. 把炒好的饭分成4份，取1份放入涂过黄油的耐高温容器中（这部分黄油需要另取，不计在前述材料中）。白酱也分成4份，并取1份浇在饭上，撒上芝士粉，再放1/4黄油。

3. 把切好的白煮蛋放在装好饭的容器里，用开放式烤箱（800W）烤7到8分钟直至烤出焦黄色。

周日的午餐　用剩菜做的意面

周日的午餐总是让人发愁。

毕竟，睡懒觉到 10 点、11 点，饿醒后就只能用家里有的食材来做午餐。

虽然家附近有超市，但就算只是去附近，也得梳洗更衣。而且多数情况是连这点时间都饿不起的状态。

这个时候就要做炒饭或意大利面了。

总之，因为家里常有冷饭和意大利面，结果就是二选一。孩子们因为喜欢也不会抱怨。而且，这两样都能翻花样。

在我小时候，如果说到意大利面就是肉酱意面或是那不勒斯意面。学生时代在咖啡店点意大利面时，端上的也总是这两种。肉酱是罐装制品加热而成的，那不勒斯口味的则会放维也纳香肠和青椒。对我来说，这就是"意大利面"。

当时并没有意大利面专门店，也没有意大利餐厅。我根本不知道还存在肉酱意面和那不勒斯意面以外的意大利面。

之后似乎陆陆续续出现了蛤蜊意面，又听说鳕鱼酱意大利面也相当不错，总之相关的情报在渐渐增加。

即使这样，我还是一直相信肉酱意面是意大利面中最好吃的。二十五六年前，女儿还在上幼儿园的时候，我总是用肉酱意面招待请来给她过生日的小朋友（女儿认为偷懒，给了差评）。

不过，随着孩子们的成长，他们绝对会提出"做肉酱意面以外的意大利直面"。

"罐头肉酱有股罐头味。"

"那么做哪种好？"

"蒜辣意面。"

还是小学生的女儿小大人似的回答。

我念小学时连蒜辣意面的意大利语 peperoncino 的存在都不知道。那是用大蒜与辣椒即可做成的简单意面。为什么小学生会喜欢这么高级的口味？

似乎因为已经吃惯了肉酱意面，我总觉得蒜辣意面有点不够意思。

不把配菜弄得尽可能丰盛我就无法满足，口味上也是喜欢番茄系更胜于奶油系。

于是周日中午和孩子们吃意大利面时，我就会把煮过的意大利面先用大蒜和橄榄油炒过，再撒上辣椒做成蒜辣意面。

给女儿吃蒜辣意面的时候，给儿子的意面浇上他要吃的意大利汤面蒸煮酱包，我自己的则淋上肉酱意面蒸煮酱包。于是母子三人一人一种，午餐是各自喜欢的意大利面。

蒸煮酱包经常断货，这时我就用冰箱里剩余的食材做酱。由于很少会有肉末留下，所以基本不会做肉酱。而培根、茄子还有番茄经常会剩下，不过有时候只有培根和茄子，有时候则是培根和番茄。

自从我会用剩下的食材做酱之后，原本一边倒喜欢蒜辣意面的女儿也会拌这种酱吃意面了。看来她只是不喜欢罐头和蒸煮酱包。

时代在变，如今在意大利面专门店里，肉酱意面被称为博洛尼亚意面。

用剩菜做的意面

材料（4人份）：

1.6mm 的意大利面320g，橄榄油2大匙，大蒜2到3瓣（切薄片），洋葱半个（切末），培根约4片（切成2到3cm见方），茄子3小个（沿纵向一切为四后再切成7到8mm厚的片），番茄3大个（须用开水烫过后去皮），白葡萄酒半杯，西洋风味鸡肉高汤粉1小匙，盐、胡椒、砂糖、酱油各少许，红辣椒1个（用手撕碎、去芯）。

做法：

1. 在平底锅里加入橄榄油后加热，再加入大蒜煸炒，注意不要炒焦。

2. 在平底锅里加入洋葱接着翻炒，再依次加入培根、茄子、番茄，并用中火充分翻炒。然后均匀洒入白葡萄酒，加入西洋风味鸡肉高汤粉、盐、胡椒、砂糖、酱油、红辣椒后盖上锅盖，用中火煮8到10分钟。

橘皮酱活用术 橘皮酱烤猪排

大约 25 年前，我曾在某食品公司主办的料理竞赛上做过评委。

在公开应募的料理食谱里有一道"橘皮酱炖猪排"，是用高压锅煮猪排和橘皮酱。虽然之后我也接触过，但因为始终用不好高压锅，就放弃了用高压锅做，而采取了腌烤的方法。

猪排的腥味会被橘皮酱去除得干干净净。

女儿不喜欢橘皮酱，她似乎讨厌果酱里混有薄薄的橘子皮。

她喜欢草莓酱和蓝莓酱，但绝不会把橘皮酱抹在面包上。

所以，中元节＊还有年末时经常收到的红茶果酱礼盒里的橘

＊ 原本在阴历的 7 月 15 日，是从中国传入日本、重在纪念祖先的节日，后来逐渐发生变化，不但在明治维新之后改用公历，并且拉长到整个公历的七八月都可称为中元时期，成为人们对上半年曾经帮助、照顾过自己的对象赠送礼物表示感谢的时间段。视日本各地风俗，如今中元节一般从 7 月初开始，晚至 8 月 15 日。

皮酱在我们家总是会被剩下。虽然我不讨厌橘皮酱，但因为坚信在吐司上抹果酱或是别的酱类之后吃了会发胖，所以过了 30 岁后就不曾吃过果酱抹吐司。

孩子们喜欢的是：1. 花生黄油酱；2. 巧克力酱；3. 草莓酱。

所以橘皮酱被一瓶瓶地剩下。为了把它们一下子用掉，这道橘皮酱烤猪排就再适合不过了。

既然猪肉和水果很搭，咕噜肉里也会放菠萝，那么菠萝酱烤猪排或许能行。不过我几乎没看到过菠萝酱。

去超市时能看到各种果酱。桃子、洋梨、苹果自然不用说，罕见的还有黑醋栗、猕猴桃之类。

小时候在引进翻译的儿童文学里读到的"苔桃果酱"*这个单词也再度登场。

青苔和桃子的果酱？

青苔没法搭配桃子吧。桃子也就罢了，我绝对不要吃青苔做成的果酱。小孩子的内心里是这么想的。

一直到成人以后，我才知道有一种植物叫"苔桃"，它结出的红色果实就是苔桃果酱的原料。如今超市里也有卖。

但是，用肉搭配水果（包括水果加工品）来做菜的创意在 25 年前堪称新鲜。

---

* 即越橘。由于越橘的枝桠如苔藓一般沿地面向四面八方沿伸，其红色的果实远望如桃，故译为苔桃（コケモモ），尤其常在欧洲儿童文学的日语版中出现。

要说在和食里用到水果的菜，我只想得到柿子拌萝卜。

或许是这个缘故，很多日本人都不太爱吃有水果的菜，很多人不认可咕噜肉里的菠萝。这或许是长久以来把水果排除在小菜以外的日本 DNA 在作祟吧。

这道橘皮酱烤猪排即使凉了也好吃，所以还很适合当便当的配菜。腌一晚上，第二天早上用烤箱烤就可以了。

不过，带骨头的猪排里，骨头占 80%，肉只有 20%。

这样就成了全是骨头的菜，所以我会用菜刀把肉剔下，只把肉放进便当里。

但这却遭到了孩子们的差评："要连骨头吃才好吃"。

不过他们似乎并没有因为用了橘皮酱调味而感到不满。

橘皮酱烤猪排

材料（4人份）：

猪排骨 700g（每根长约 5 到 6cm），生菜 2 到 3 片，少许色拉油。

A：橘皮酱 6 大匙，酱油、酒各 2 大匙。

做法：

1. 给猪排骨划上两三道切痕。把 A 和猪排骨放入带拉链的保鲜袋充分揉搓，在冰箱冷藏室里放一晚备用。

2. 在烤盘上铺上烤垫并抹上薄薄的色拉油，然后摆上冷藏一晚后的猪排骨，用 200℃的烤箱烤大约 15 分钟。烤好后把猪排骨盛盘并配上生菜。

盖饭是主妇的好伙伴　亲子盖饭式竹笋猪肉饭

我家还是三代同堂的时候，丈夫的父母住 1 楼，我们小（应该说中年）夫妻和两个孩子住在 2 楼。

因为一起住的时候就已经说好厨房完全分开，所以平时基本都是分开吃的。不过，在纪念日（生日、敬老日 *、圣诞节）以及有大量食材送上门的时候会一起吃。

公婆在乡下的亲戚经常会寄来大量的山货和海味。

初春会送竹笋。

早上挖到的竹笋用快递第二天就能送到。把竹笋放进掺有米糠的锅里煮过后就能去除涩味。

煮嫩竹、竹笋汤、竹笋饭……在持续做了各种竹笋料理后，

---

* 日本法定假日，为每年九月的第三个星期一。

孩子们表示："不想再吃竹笋了。"

其实我也是。

刚采下的竹笋最好吃的是笋尖，我会用高汤酱油涮一下然后配上花椒芽吃。

然后就慢慢地顺着竹笋尖往下，到达根部坚硬的部分。最后剩下的就是最硬最难嚼的。

我把能想到的竹笋料理都做过了。正想着接下去做什么时，婆婆开始把竹笋和猪肉放在一起炒着做盖饭吃，还往里面打了一个鸡蛋。

即是这道亲子盖饭 * 式竹笋猪肉饭。

味道嘛，就是亲子盖饭。不过竹笋脆脆的口感很是新颖，即使是已经吃腻了竹笋料理的孩子们也很喜欢。

亲子盖饭，或者说猪排盖饭的味道是所有日本人都能接受的。照烧汁拌上黏黏的半熟鸡蛋，若能配上热乎乎的白米饭，便再无怨言。

说白了，只要有照烧汁和半熟鸡蛋，接下来要用的食材是鸡肉也好，猪排也好，竹笋也好，日本人都会边吃边说好吃。

而让我更加强烈地感觉到这一点的，是在去宫城县旅行的时候。

---

* 指同时用鸡肉和鸡蛋做的盖饭。用照烧汁煮好鸡肉，再往里头打颗鸡蛋，煮到蛋液半熟后盖在米饭上。

北上川畔的村落里，有一道名叫"油麸盖饭"的料理很出名。我在为杂志的游记取材时顺带去拜访了那里。

油麸就如其名，是用油炸过的麦麸。酥酥脆脆带点焦的油麸被装在袋里出售。

把这种油麸用照烧汁煮过，再打上一个鸡蛋煮到半熟状态后盖在饭上——呜哇，真神奇，一碗没有猪排的猪排盖饭做好了。

鸡肉啦、猪肉啦，甚至连竹笋都不需要了。盖饭的基础就是鸡蛋盖饭。

盖饭的好处是能立刻做出来。照烧汁用市面上有售的照烧粉替代也 OK。

每逢漫画交稿日，当我累得筋疲力尽回到家什么都不想干的时候，一定会做盖饭。

只要有这么一道料理就能吃饱，再配上汤和腌菜就是顿有模有样的晚餐。我偷懒的最高境界就是做鲑鱼子盖饭（只要把买来的鲑鱼子倒在白饭上），但孩子们却会感激地说："好豪华呀。"

小孩子就是这么好打发。

比较猪排盖饭、亲子盖饭、亲子盖饭式竹笋猪肉饭，似乎竹笋猪肉饭的卡路里最低。

喜欢盖饭却又在减肥中的你请务必尝试一下竹笋猪肉饭。

也请务必给受不了竹笋涩味的孩子试试这道竹笋猪肉饭。它几乎没有竹笋的涩味。（那竹笋料理的意义何在？！）

亲子盖饭式竹笋猪肉饭

材料（4人份）

水煮竹笋中等大小 1 棵，猪腿肉 200g（切成可以一口吃下的薄片），鸭儿芹 1/3 捆（切成 2cm 长的段），色拉油 2 小匙。

鸡蛋 3 个（打匀），米饭 4 大碗。

A：砂糖 1 大匙，酱油 3 大匙，味淋 2 大匙，鲜味调料少许。

做法：

1. 竹笋沿纵向对半切开后，笋尖切成薄片，其余部分横向切成 7 到 8mm 厚的笋块。

2. 用平底锅加热色拉油，开大火翻炒猪肉，然后加入竹笋快速翻炒。

3. 依次加入 A，用中火蒸 3 分钟后，均匀地加入蛋液。

4. 待鸡蛋半熟后熄火，取 1/4 铺在一碗温热的米饭上，再摆上鸭儿芹。

漫画中的食物　油豆腐福袋

你基本可以认为有七成的小孩子会被料理的外观骗到。

这道油豆腐福袋*是为了让幼年时胃口很小的女儿肯动筷子而反复摸索后总结出的料理。

或许是因为福袋的形状很好玩，只要给她吃，她就会吃。

现在已经长大成人的女儿无法相信自己在三四岁时真的胃口很小，可以连续三天只吃泡饭和花椰菜。而我自己因为人生里从未体验过胃口小这种事，当时非常担心。

于是炸鸡一定会做成郁金香的形状。大概是因为这样看起来比较好吃，女儿吃的量会比直接切块炸好的多不少。看起来，形

---

* 日式油豆腐是中空的，油豆腐福袋是在切开的油豆腐里塞入内馅，再用牙签封口，做成束口袋形状的料理。

状像是连着骨头的肉特别能打动孩子的心。虽然已经是很老的故事，但我觉得在日本应该有许多小孩都很憧憬漫画《山林小猎人》里的原始人所吃的连着骨头的猛犸肉。

话虽这么说，但漫画里出现的肉终归是漫画里的。如果不把一根大腿骨嘎嘣拗断，再插上肉块，就没法重现《山林小猎人》里的模样。不过，某一天我却终于在超市里找到了类似的食物，名曰烧烤用香肠——在法兰克福香肠的末端插着一根骨头的那种，一眼看起来就像是漫画里的。我买回家用平底锅煎过后，得到了孩子们的十分好评。

"和漫画里经常出现的肉长得一样！"

孩子们欢天喜地地吃了两三根。明明味道就是法兰克福香肠。

"这菜对身体很有好处，你吃惯了就会觉得好吃的。"

这话父母就是磨破嘴皮也无济于事。比起这种苦口婆心的话语，还是漫画以及电视广告对孩子们有着压倒性的影响力。

儿子非常讨厌蔬菜，生的蔬菜更是完全不行。他还不喜欢蛋黄酱，所以也不吃沙拉。一直到这孩子3岁，我都为他伤透了脑筋。

然而，在看到动画《龙猫》里主人公皋月和小梅摘下田里的黄瓜直接咔哧咔哧地吃将起来的场景后，他却立刻表示："我也想吃。"然后，他也确实和动画里的场景一样，咔哧咔哧地吃了生黄瓜。

伟大的宫崎骏导演！别说是拿到奥斯卡奖了，他还纠正了我家孩子的偏食习惯。《山林小猎人》里的肉，《龙猫》里的黄瓜——在漫画和动画里有许多看起来很好吃的东西，如果利用这些，就可以让孩子们的偏食习惯得到很大的改善。

其实我也相当憧憬《阿松》里豆丁太的关东煮。女儿看了《筋肉人》以后就想吃牛肉盖饭。

有一天儿子说："我想吃咕噜肉。"

我一直认为讨厌酸东西的儿子不会吃咕噜肉，所以在那天之前我从来没有做给他吃过。恐怕他是从某本漫画或是游戏里才知道了"咕噜肉"这个菜吧。

于是我立刻做给他吃，儿子吃了一口后说："哎，这个……"然后就剩着不吃了。自那以后，他再也没要我做过咕噜肉。话说回来，他是看了哪本漫画呢？

油豆腐福袋

材料（4人份）：

油豆腐 4 块（在滤锅里放平，浇热水去油，然后切成两半），芝麻油 1 大匙，鸡肉末 100g，魔芋丝 1 袋（300g，用热水煮过后沥干水分，切成适合食用的大小）。

A：酒 1 大匙，砂糖 1 小匙，酱油 1/2 大匙。

B：水 2 杯，市售成品高汤酱油 3 大匙。

做法：

1. 用平底锅加热色拉油，把鸡肉末炒散。然后加入魔芋丝充分翻炒，并加入 A 煮开。

2. 把大致冷却后的鸡肉魔芋丝分成 8 份，分别塞入切开的油豆腐里，并用牙签封口，做成福袋。

3. 把做好的福袋放入炒过鸡肉魔芋丝的平底锅，加入 B，盖一层炖菜专用盖，再盖上锅盖炖煮 8 到 10 分钟，待汁水只剩一半就算煮好了。

面包变硬后的再利用　法式面包吐司

若被问起是米饭党还是面包党，毫无疑问我是面包党。

虽然有些人只要是白米饭就有多少碗都吃得下，但如果没有下饭的菜，我连一小碗白米饭都吃不了。不过若是面包，什么都不蘸我也能吃许多。年轻时我甚至能一口气吃一斤切片面包。

但是，我并非从小就喜欢吃面包。在40年前的四国乡下，只有果酱面包、红豆馅面包和奶油面包。切片面包当然也有，但我从没亲眼看到过法式面包。

法式面包，也就是俗称法棍的那种，只存在于时髦的法国电影中，里头总有把面包光秃秃地（不装塑料袋也不用纸包）扔进篮子后在街上行走的巴黎女子。

"唔……尽管不是很懂，但好帅啊。虽然不太卫生，但那样也很好……"

当时，我曾在德岛的电影院里如此喃喃自语。

昭和 50 年 *，为了读大学而来到东京的我大概有生以来第一次亲眼见到真正的法式面包。那是在东武东上线大山车站前的面包店。不过，因为觉得独自生活的自己吃不了一整根长长的法棍，所以我主要是在那家面包店买炒面面包 ** 和丹麦面包。

不过在昭和 52 年，我跟着出差的父亲实现了巴黎旅行，这在当时的女大学生里简直是划时代的事（是 1 美元大约相当于 250 日元的时代 ***）。我终于亲眼看到了把芝士和火腿夹在法式面包里就当午餐开吃的巴黎女子！

"绝对是要这么吃。"

我立刻有样学样地吃起了那种三明治。好硬，但是很好吃。虽然我已经不记得火腿和芝士的味道，但正宗的法式面包就是很好吃。

之后，尽管我也在东京的各家面包店里试过买法式面包夹火腿和芝士吃，但始终比不上正宗的味道。

再然后，随着漫长的岁月流逝，在如今的日本不仅能买到和

法国当地同样味道的法式面包，还能尝到法式面包三明治。

我在东京的百货店地下的面包柜台买过许多面包。然后我发现真正好吃的、刚烤好的法式面包，是可以什么都不蘸，有多少吃多少的。

然而我们家留意到这一点的只有我一个。

儿子虽然可以无休止地吃挂面和炒饭，却几乎不吃面包。

买了刚烤好的法式面包回家后，我可以一口气吃半根。但毕竟到了年纪，这是极限了，会剩半根。

而第二天，我又会在别的百货店地下名店买法式面包回家。同样吃半根，剩半根。

所谓的法式面包，出炉后过几小时口味就会变差。

像这样剩余的法式面包在冰箱里堆成堆后（放进冰箱的面包会变得更难吃），我就会做成法式面包吐司。如果是法式面包吐司，儿子倒也会吃得欢天喜地。

法式面包吐司。那个把法式面包吃剩下的巴黎女子是否也会尝到这种利用多余食物做成的料理呢？

法式面包吐司

材料（4人份）：

法式面包8片（把面包棍斜切成1cm厚的面包片），黄油2大匙，肉桂粉少许。

A：蛋黄2个，牛奶半杯，细砂糖1大匙。

做法：

1. 把A拌开后均匀地抹在面包上。

2. 把1大匙黄油在加热后的平底锅上融开，摆4片处理过的面包，煎到两面微焦。剩下的4片面包也以同样方法煎好。

3. 用开放式烤箱（800W）把煎过的面包烤到两面松脆，每两片摆成一盘，撒上肉桂粉。

大家都喜欢的土豆沙拉　土豆沙拉

每个家庭的土豆沙拉的食谱都不一样。

学生时代，来我的租赁房玩的朋友所做的土豆沙拉，是用蛋黄酱和砂糖调味的。

超市以及百货店地下的熟食柜台里也一定有土豆沙拉。即使是在百货店的地下还没有这么热闹充实时，而且还是在40年前的德岛，土豆沙拉也是唯一一道被当作熟食出售的料理。土豆沙拉和通心粉沙拉可以说是外国菜里的两巨头。

的确，土豆沙拉作为嫩煎肉以及猪排的配菜再适合不过。如果觉得肉的分量有点不够，只要在空出来的肚子里塞上土豆沙拉，就能有十成的饱腹感。在减少肉量却又能吃饱的节俭食谱里，土豆沙拉也是不可或缺的。

我家的孩子们当然也非常喜欢土豆沙拉。我一定会用它来搭配猪排骨，因为土豆可以缓解猪排骨的油腻感。而且因为猪排骨里骨头所占的量比较大，实际上吃进肚子里的肉量很小，即使吃个五六根也没法满足生长发育期的孩子们。这种时候，土豆沙拉就能发挥出填饱肚子的作用。不过，浇满蛋黄酱的土豆沙拉和全是脂肪的肉一样有着高卡路里。

我经常感到市面上出售的土豆沙拉用了太多蛋黄酱。而比起百货店地下，超市里的土豆沙拉满是蛋黄酱的概率似乎更高。有些沙拉更过分，做得好像土豆在蛋黄酱之海里游泳一样。

所以我想出了尽量不用蛋黄酱就能做成的食谱。只要预先在煮过的土豆上撒盐，只用少量蛋黄酱也能让沙拉味道十足。

再有，土豆不要做成泥而是切丁。因为切丁的土豆表面积比做成泥的土豆小，所以沾到的蛋黄酱也少。

"哎？柴门女士家做土豆沙拉是要切丁吗？"

直到这个散文栏目的责编表示吃惊，我才发现原来把土豆切成丁是非主流做法。

因为在德岛老家，妈妈就是把土豆切成丁的，所以我只是单纯地继承了这一点。所谓的为了低卡路里而花心思也是随意编排的马后炮理论。

有一段时期我也做过土豆泥沙拉，但因为孩子们表示"切丁的土豆比较好吃"，所以之后就都是切丁。

有些市面上出售的土豆沙拉里会放胡萝卜，但我们家不放。卷心菜也是不用的。我认为甜味蔬菜不是很搭。

虽然我很喜欢切成薄片的洋葱，但因为孩子们不喜欢，所以我家的土豆沙拉里也没有。

这道食谱就是这么完成的。香肠、鸡肉、午餐肉等等，我会利用当时冰箱里所剩下的肉类来代替里脊火腿。之所以这次的食谱里会有加工芝士，是因为在冰箱里搜刮剩下的火腿和香肠时，一旁正好有剩下的芝士。我试着加入以后发现无比般配，之后就再也少不了了。不过，加入丈夫晚酌时吃的蓝纹芝士时却失败了。那味道太刺激了。再仔细想想，就算减少了蛋黄酱的量，一旦加入芝士，那卡路里不就完全没有少吗？

土 豆 沙 拉

材料（4 人份）：

土豆 2 个，黄瓜 1 根，白煮蛋 1 个，里脊火腿 60g，加工芝士 60g。

A：蛋黄酱 3 到 4 大匙，盐、粗粒黑胡椒粉各少许。

做法：

1. 把土豆洗干净、刨皮，切成 8mm 见方的丁后过水。

2. 在锅里放入土豆丁，加水到刚好没过食材，然后煮 7 到 8 分钟。煮好后捞起土豆丁并沥干水分，佐以盐、黑胡椒。

3. 把黄瓜切成 7 到 8mm 见方的丁，白煮蛋剥去蛋壳后切成碎块，火腿、芝士也切成 7 到 8mm 见方的丁。

4. 在碗里加入土豆丁、黄瓜丁、碎鸡蛋、火腿和芝士丁，拌匀后盛盘。

第三章

「简单」是主妇的好伙伴

带皮的美味　脆烤鸡腿肉

我们一家人经常会互相提问："你最喜欢哪种肉？"

年纪最小的儿子就会回答："牛肉！"

相信寿喜锅和牛排才是大餐的他思维简单。

"猪肉吧……"

这么回答的是丈夫。他喜欢极限状态，总爱幻想"如果自己处于极限状态会怎样"。

所以就算我问他"肉里面你最喜欢哪种肉"，他也会把问题换成："如果处于只能吃一种肉的极限状态，我会选哪种肉？"

"因为猪肉可以应用于各种料理，蒸肉、炖肉、涮涮锅都可以。能炸成猪排，和蔬菜一起炒也好吃。牛肉料理的种类比较少，会吃腻。"

他愉快地把场景设定在了只能弄到猪肉的离岛。最后他又教育儿子："每天都吃寿喜锅和牛排会腻的吧。"还说选牛肉的是傻瓜。

而我则选鸡肉，而且是鸡腿肉，当然还要带皮。理由是好吃。

虽然在减肥特辑里经常会提到"为了减少卡路里就去除多余的油脂吧，把皮剥掉吧"，但我想说那样就不好吃了。

我坚持美食与减肥必须两立。但不利于减肥的正是美味的源头，比如甜味、油脂以及肉汁。

我想请大家比较一下干巴巴的鸡胸肉和淌着肉汁的鸡腿肉。还有连皮一起被哗啦啦炸得金黄的热乎乎的面衣。咬下去的瞬间，在口中散开的水灵灵的美妙口感。这才是鸡肉。

香脆和水灵，这两者的平衡就是鸡肉的美味。

烤串里有一个部位是"鸡皮"，但要我说的话，那就是邪道。鸡肉的皮与肉就跟奥运会运动员集心灵与技巧于一体差不多。

我理想中的炸鸡是用一根带骨鸡腿肉预先调味，裹上面衣，用中温油炸透的中式风格。不过我已经到了对中年肚腩介意的年龄，终究无法忽视卡路里。

我想吃炸鸡，但不想发胖。

这样的我最终总结出的料理就是"脆烤鸡腿肉"。

把鸡皮朝下放在烤箱里烤，皮的部分会变得脆脆的，多余的油脂也会在熔化后流到烤垫上。然后洒上市面有售的咕噜肉粉，这就是完美的中式调味。

最重要的是这道菜超简单。既不需要预先给鸡肉调味、花时间腌渍，也不用苦苦等待油锅升到合适温度，更无须利用大小茶匙来调整调味料的比例。

转眼就能完成，还好吃，而且（稍微）减少了卡路里。我表示满足。

那么，女儿还没有发表喜欢吃什么肉。

"我的第一名是，牛肉干。"

似乎是这么回事。就承认它是不用费功夫又便于保存且最合理的肉吧。

脆烤鸡腿肉

材料（4人份）：

剔骨鸡腿肉2份，盐少许，砂糖1/2大匙，大葱1根，咕噜肉酱料包，水90ml，豆瓣酱1/2小匙。

做法：

1. 用菜刀刀尖给鸡腿肉剔筋，然后撒上盐和砂糖用手揉匀。

2. 把鸡肉的鸡皮面朝下摆在铺了烤垫的烤盘上，放入烤箱上层，用250℃烤13到15分钟。大致冷却后切成适合食用的大小。

3. 大葱去芯切成4到5cm的丝，并过水、沥干水分。

4. 把咕噜肉酱料倒入小锅中加热，再加入豆瓣酱并拌匀。

5. 把切好的鸡肉盛到容器里，淋上酱汁并撒上葱丝。

烤箱的魔法　肉糕

日本人并不是很熟悉所谓的烘烤料理。

其实我一直到20多岁都把烤箱（oven toaster）当成"开放式烤面包机"（open toaster）。我坚信这是因为相对于"弹出式"（pop up）烤面包机，它的门是可以打开的，所以就称之为开放式烤面包机。

虽然知道之所以叫成开放式烤箱是因为它能用来做简单的烘烤料理，但我最多也就用来做诸如吐司式比萨或烩饭，并没有多加利用。

结婚后就立刻搬入的商品房公寓里虽然配有燃气烤箱，却被我当成了碗柜，直到四年后搬家时都没用过一次。

现在的家里也是，和煤气灶一体化的燃气烤箱从一开始就占据了一席之地。

第一次活用燃气烤箱是为了烤烩饭。由于添了孩子，不可能再用开放式烤箱来一下子完成一家四口吃的料理。

用起来还真不错。

最近的烤箱好就好在内置电脑芯片，把菜放进去后就会自动调节温度以及设定时间。而省下来的时间就可以用来做别的事，非常方便。

若要问我为什么之前都没有去用这么好用的东西……

"打扫起来麻烦。"我是这么认为的。

然而某一天，在西友的"进口小商品市场"上，我发现了可以反复清洗使用的烤垫。它用耐高温的塑料制成，不会粘住，容易洗，非常好用。

后来，那块烤垫被我用了十年以上。要问为什么我会用同一样东西那么久，那是因为不管我怎么找，至今都没能找到相同的烤垫。

虽然西友的"进口小商品市场"上每次都有蔬菜甩干器以及五颜六色的夹子，却再也没有见过可以反复清洗的烤垫。不过，它不愧是美国生产的，用了十年依然没坏。

自从买到了这块烤垫，我挑战了好几种烘烤料理。

我发现用烤箱烤肉饼比用平底锅烤更好吃、更方便，做排骨也超简单。拌了盐和胡椒的鸡肉只要送进烤箱，很快就能成为一道美食。

还有就是这道肉糕。

肉糕，光听名字会觉得是一道非常难的料理，不过其实很简单。虽然女演员叶月里绪菜（现名里绪奈）曾在电视上炫耀过给身为运动员的某前男友做过这道菜，但是这并不值得炫耀，因为只要把定好型的肉馅放进烤箱烤就可以了。

　　20 多岁的时候，我曾因为附近的太太给我吃亲手做的蔬菜肉糕而感激万分，但现在回想起来，那不过是在肉糕的肉馅里拌了解冻后的什锦蔬菜再用烤箱烤过而已。

　　而我这道肉糕的创意在于让馅里的白煮蛋变得像苏格兰蛋*似的，而且它是番茄咖喱味的。

　　唔，虽然并不是什么麻烦事，但每次端上这道菜，孩子们都会很感动地说："今天的菜好丰盛呀。"

　　叶月那个打棒球的男朋友也和我家的孩子们一个水平呢。日本人啊，别上烘烤料理的当啦。

---

* 苏格兰蛋的做法是煮好鸡蛋后剥去蛋壳，裹上调味肉馅、面包粉等再油炸。

肉　糕

材料（4人份）：

猪肉末300g，盐、胡椒、肉豆蔻各少许。

洋葱半个，鸡蛋1个（黏合肉馅用），面包粉1杯，咖喱粉2小匙，番茄酱3大匙，面粉少许，白煮蛋3个。

A：番茄酱半杯，伍斯特辣酱油、粗粒黄芥末酱1大匙。

做法：

1. 把除面粉、白煮蛋以外的材料按顺序全部倒入碗里充分拌匀。

2. 给烤盘铺上烤垫，取1/3搅拌好的肉馅，在烤垫中央铺成长方形。白煮蛋去壳后裹上一层面粉，并顺次排列在长方形的肉馅上。把剩下的肉馅铺在白煮蛋上，和铺在烤垫上的肉馅一起把白煮蛋包紧，做成圆柱状的糕体。用200℃的烤箱烤14到15分钟。

3. 取出并大致冷却后，把肉糕切成适合食用的大小，淋上用A拌成的酱汁。

忙碌的日子就逃进锅料理的怀抱　水饺

为难的时候就指望锅料理。

是的，在我想不出菜式的日子，又或是忙得没多少时间下厨的时候，我一定会逃进锅料理的怀抱。

虽然我也很喜欢鸡肉氽锅以及猪肉白菜锅，不过孩子们却表示"不想再吃寿喜锅和泡菜锅之外的锅料理了"。

那是因为我曾在孩子们还年幼时的冬天，连续每周给他们吃两次锅料理。毕竟简单嘛。

当时做的是和暗锅*大同小异，甚至会放入香肠和卷心菜的什锦锅。以前，明明只要最后有乌冬面他们就不会抱怨，但到了懂得食物滋味的年纪，就会各种指手画脚，烦得不得了。

---

* 暗锅指只有做菜者本人才知道都用了什么食材的锅料理，往往还会放进一些稀奇古怪的东西。

连相扑运动员都能毫无怨言地每天吃力士锅*，孩子们却会皱着眉说："又是锅料理？"

在我乡下老家，吃锅料理的时候一定会配酸橙。只要在酱油里挤上酸橙汁，再佐以萝卜泥和七香粉做成蘸汁，不管是鱼还是别的什么肉全都能吃下肚。但我家的孩子们却会说："别放酸的东西。"

他们拒绝加入柑橘类的清香滋味，不论加的是酸橙、酢橘还是柚子。可是不理解柑橘类的味道，就体会不到锅料理的好。

其实除了寿喜锅和泡菜锅以外，还有两种用锅煮的料理也在我家得到了认可。

那就是河豚锅和水饺。

所谓的河豚锅，有一种无稽之谈，说那是已故的空手道格斗家安迪·哈格**为了 K-1 选手们而特制的一种力士锅。我们家是因为丈夫的老家在山口县，到了冬天就会从下关寄来河豚大餐。

每次做河豚锅都一定会由丈夫负责，惯例会在最后放进只用盐和胡椒调过味的乌冬面。河豚汤和胡椒的搭配出乎意料的合适，非常好吃。

即使豆腐煮到烂、大葱熬到化也不会在意的丈夫唯独对最后

---

* 力士锅起初是为了培养相扑运动员（力士）而开发的锅料理，分量更足，蛋白质和胶质较多，后来逐渐成为大众料理。由于力士每天都要吃，食材和调味都比较丰富。

** 安迪·哈格的姓氏在日文中写作フグ，与河豚（フグ）谐音。K-1 是世界著名踢拳搏击赛事，哈格曾是著名 K-1 高手。

吃的乌冬面十分讲究。

虽然我觉得用七味辣椒粉调味的乌冬面可能更适合，但是他却只允许用胡椒。有一段时期也加过海带片，但现在又回到了简单的素乌冬面。还是这样最能品尝到高汤的美味。

还有，水饺也由丈夫负责。

在原产地中国，饺子本来就不是煎着吃的，而是蒸或者煮。我家这种水饺的做法，是新婚时期曾在中国东北生活过的婆婆教的。

婆婆会在馅里放入大量的韭菜和大蒜，我则会佐以姜和大葱提味，还有卷心菜。肉末用的是猪肉。当然菜叶用白菜也完全没有问题。

虽然一个人吃四五个煎饺就能饱，但水饺却能吃到 25 个。之所以说是 25 个，那是因为以前我们一家四口曾把做好的 100 个水饺吃得精光。

只要蘸上辣酱油，就能稀里哗啦、一个接一个地把刚煮好的水饺送进肚子里。

沉在锅底的饺子和沸腾的水泡一起浮到热水表面时，就表示已经熟了。丈夫的责任就是一个不漏地捞起水饺，然后分配到家人的小碗里。

身担分配食物重责却吃得比家里谁都多，这是不是所谓的只许州官放火不许百姓点灯？水饺的美味是连负责人都无法抗拒的诱惑。

水　饺

材料（4人份）：

卷心菜1大片（切末），大葱1/3根（切末），生姜1块（约15g，切末），韭菜3根（切成小段）*，猪肉末150g，盐、胡椒各少许，芝麻油1小匙，24片装的水饺皮2袋。

酱汁：醋、酱油、辣油各适量。

做法：

1. 把卷心菜、大葱、生姜、韭菜倒入碗里，加入肉末、盐、胡椒、芝麻油后充分搅拌到有黏性。

2. 每片水饺皮上放1茶匙馅，把水涂在半圆范围里对折，密实封口。

3. 用大锅把水煮开，放入饺子，盖上锅盖煮2到3分钟。待皮略变透明浮起后从热水里捞起蘸酱汁吃。

---

* 日本的韭菜按根装袋出售，一般一袋有5根，都比较粗壮。此处用3根作为辅料是足够的。

彻底活用市场上的酱汁　萝卜炖排骨

一旦天冷下来，就会想吃炖出来的料理。

走在瑟瑟秋风中的回家路上，眼前渐渐看到家中的窗口散发出橙色的光，空气中飘着暖暖的炖菜香——这就是我所设想的"温暖的家庭"。

然而，一旦试着站在需要自己做炖菜的立场，就会发现在瑟瑟秋风中出门买菜的是我，回到空无一人的冰冷家中开灯的人也是我。而且，白天我要出门去工作，根本就没可能花时间咕嘟咕嘟地做炖菜。

刚结婚那阵因为是在家里工作，所以我会把炖菜的锅放在煤油炉上，然后守在一旁运笔作画。

然而，当工作地点改在外面之后，我能花在准备晚餐上的时间就只有40分钟了。40分钟里能完成的炖菜——在这个时间标准下，炖菜、关东煮、红烧肉之类的全部被淘汰。

"关东煮只在周日做。"

虽然我是这么对家人宣布的，但其实我是个非常爱吃炖萝卜的人。

风吕吹萝卜*、萝卜炖五花肉，还有关东煮里的萝卜是我钟爱的三大炖萝卜。但是，没有时间做。我总是在黄昏时挤满顾客的超市里临时抱佛脚，思考当天的晚餐吃什么。

某一天，我和平时一样苦思冥想"今天做什么菜好，做什么菜好"时，精选肉柜台里的"特卖·调味带骨五花肉"的封装袋跃入了我的视野。就是那种把没那么新鲜的肉用烤肉酱汁腌过后封袋出售的特价品。

我立刻就买下那袋调味带骨五花肉回家，把它和切成薄片后的萝卜一起炖。

出人意料地，这招竟然行得通。萝卜切成薄片后，炖个20分钟就足够了。

之后，我又试着用排骨代替带骨五花肉。最初因为烤肉酱汁的甜度不够，我会另外加入砂糖补足，但随后想到甜味十足的酱汁莫过于"寿喜锅酱汁"，于是就学会了混合烤肉酱汁一起调味的方法。

---

* 把白萝卜切成圆圆的扁块炖熟后，趁热再浇上热乎乎的味噌混合调味汁来吃的冬季时令食物。

冰箱里一定会有用剩下的烤肉酱汁。还有发蔫的萝卜。这道萝卜炖排骨恰好能用来处理冰箱里这些剩余食材。

其实冰箱里有许多刚开过的瓶装调料。面汁、土佐醋、蚝油，还有罗勒油。这些在市场上出售的调味品不愧是由专业人士监制的，非常不错，没理由不去利用。

只要配合家人以及自己的喜好稍稍调个味，用市面上出售的调味料也能做出我家特有的味道。

顺带，如果在这道萝卜炖排骨里加入少许豆瓣酱，微微发辣的感觉会很棒，十分下饭。

我家最受欢迎的炖菜是土豆炖肉，如果冰箱里有用剩的寿喜锅酱汁，就会很自然地拿来用。

不过这样的话味道就会太甜，所以我会用酒和酱油来稀释。孩子们光顾着吃土豆炖肉里的肉和魔芋丝，总是会剩下一大盆寿喜锅味道的土豆。于是我会在第二天把这些土豆剁碎做进煎蛋饼里。这就是二次利用的二次利用。市面上的酱汁直到最后都在发挥作用。

萝卜炖排骨

材料（4人份）：

萝卜半个（刨皮、切成大块），排骨300g（每根5到6cm），市售成品寿喜锅酱汁70ml，市售成品烤肉酱汁100ml，水3杯。

做法：

1. 在锅里放入萝卜、排骨，加入寿喜锅酱汁、烤肉酱汁和水。盖上锅盖，一边滤去浮沫一边煮。

2. 剪一个比煮锅小一圈的圆形锡纸，中间开洞，盖在萝卜和排骨上，再盖上锅盖用中火炖40到50分钟。其间要注意经常加水。

大餐的外观　简易西班牙海鲜饭

我至今都和孩子们幼儿园时结识的妈妈们很要好，其中关系最好的 5 个人还组成了"石神井 * 漂亮太太（自称）会"，定期聚在一起喝酒。

聚会的地点或是在车站前的居酒屋，又或是在成员的家里。很快成员的丈夫们也都纷纷加入，变得十分热闹。

夏天的惯例是在家里有庭院的 A 女士那儿露天烧烤。

A 女士家里的 3 个孩子都是男孩，而这些男孩子的小伙伴也会加入，所以每次烧烤都要吃掉大量的肉和蔬菜。

即使这样，正在长身体的孩子们（成员的孩子们全部参加）仍然会表示"肚子饿，还想吃"。

---

* 东京都练马区的一个町名。

"那就做西班牙海鲜饭吧。"

A 女士说着站起身。

哎？在这样的烧烤场地能够轻易地做出西班牙海鲜饭？我感到吃惊。因为我一直觉得那是得在像模像样的厨房里，配上西班牙进口的调味料才能做好的料理。

"没有西班牙海鲜饭锅，用普通的平底锅也可以吧。"

A 女士说着，就用平底锅唰唰地炒起了米，然后加入鱼肉和汤，并点起了火。

"什么呀，这样就可以吗？"

我恍然大悟。

可以的，这样就可以。就算米多少会有点夹生，但这样别有一番好。就算焦了也 OK。又因为会从鱼肉里熬出高汤，所以首先味道就不会太差。

它不像需要事先准备的和食那么麻烦，贝类虾类都能连壳一起接二连三地扔进锅里。蔬菜也是随便切一下就好。

那个时候我发现，做西班牙海鲜饭要比做日式炊饭轻松太多。

自那以后，孩子们的朋友（烧烤的小伙伴除外）来家里玩、吃饭时，我一定会做西班牙海鲜饭。它非常简单，转眼就能做好，看起来还很豪华。

"哇，好厉害的大餐！"

孩子们会大吃一惊。

如果再加上简单的水果宾治，孩子们会更加欢天喜地。但那不过是用水果宾治罐头加上香蕉、猕猴桃和苹果这些而已。

把水果宾治倒入大个玻璃容器里，然后咚地摆上桌，再用圆勺子分盛到小容器里，这样一来，感觉就更加豪华了。

孩子们读幼儿园时，只要用薯条和炸鸡块招待来家里玩的小朋友就能令他们欢天喜地。但随着孩子们渐渐成长，我开始对他们的朋友，特别是女儿的朋友花心思。

不能把装在麦当劳袋子里的薯条和炸鸡块直接拿给初中女生们，但也不可能请她们吃江户前握寿司外卖。这种时候就要用到西班牙海鲜饭这个法宝了。

光是想象她们回家后被问家人问起"今天在麻里子家吃什么了？"时她们回答说"西班牙海鲜饭"的模样，我的虚荣心就能得到满足。

等孩子们上高中后，就算他们的朋友来家里我也不会多管。养育孩子 15 年，我终于到达了不和妈妈们无谓攀比的境界。

我会说，我去便利店买点吃的回来，又或者说，一起去家庭餐厅吃饭吧。

不过我现在仍然经常做西班牙海鲜饭。

然后，孩子们便会因为回忆起童年和一起吃饭玩耍的小伙伴而心潮澎湃。

简易西班牙海鲜饭

材料（4人份）：

鱿鱼1条，橄榄油1大匙，大蒜1小瓣（切末），洋葱1/4个（切末），米1.5合（洗净后沥干水分），蛤蜊200g（连壳洗干净），煮章鱼1条（触须切大块），带头虾4只（洗过），刀豆约100g（对半切），番茄1个（去蒂切块），甜椒1个（黄色，去蒂去芯后切成细条），热水1杯多一点，固体高汤1块。

A：盐、胡椒各少许，姜黄粉、咖喱粉各2小匙。

做法：

1. 剔除鱿鱼内脏，身体连皮一起切成1cm厚的鱿鱼圈，触须每1到2根一起切下。

2. 把橄榄油、大蒜、洋葱倒入够深的平底锅里，用小火炒到香，再加入米继续用小火充分翻炒。

3. 把蛤蜊、章鱼、虾、鱿鱼加入平底锅一起翻炒，用热水溶化固体高汤后和A一起倒入锅中拌匀。撒上蔬菜后盖上锅盖，用大火煮到沸腾，再用小火加热15分钟。关上火以后再稍微焖一会儿并轻轻拌匀。

菜园里的突然变异　浅渍茄子

　　三年前，我搬进了现在的家里。我开始打理家庭菜园了。由于庭院的角落里有大约一坪 * 左右的空间，经菜园种植高手的朋友辅导了入门知识后，我种下了一些叶菜、果菜和根菜。

　　第一年的收成简直有趣。夏天结出了迷你番茄、茄子、黄瓜。芳香蔬菜里的芝麻菜、罗勒、芫荽从春天到夏天一直都在生长，冬天则收获了芜菁和萝卜。这些摘下的蔬菜全都新鲜、好吃！而且不论是种子还是幼苗都便宜得吓人。

　　"要不我不当漫画家，改行卖迷你番茄吧。"

　　我几乎就要认真地思考这个问题了。这一年，每天早上我都

---

* 源于日本传统计量系统尺贯法的面积单位，主要用于计算房屋、建筑用地的面积。1 坪约合 3.3057 平方米。

能摘下 20 个左右的迷你番茄。

但是，菜园种植并不全都是开心的事。会因为浇水失败而导致根烂掉、植物枯萎，也会因为害虫使得叶菜在一夜间全军覆没。

每天早上都要根据天气来浇水。发现青虫之类的害虫时要用手指把它们压扁。如果叶子上出现褐色斑点就得撒药，并施以适量的肥料。区区一坪大小的菜园却要花费相当多的劳力。我切身体会到了农民们的辛苦。

而我是不可能把这么辛苦的劳动坚持下去的。

第一年我很有干劲，完成得也很不错。但是到了第二、第三年，我就渐渐开始偷懒了。

施肥只在植苗时，浇水也都随便来，放纵害虫啃菜叶，枯了就任它枯着。杂草也都肆意生长。但即使这样，也还是有几种蔬菜在努力求生。绿辣椒、青椒、迷你番茄都没有枯，并且继续结出果实。

去年秋天，某天我望了一眼放任不管的菜园，忽然看到了一种奇特的东西。

"咦？怎么会在这种地方长迷你南瓜？而且还是绿色的？……"

大小差不多就是用大拇指和食指比出的圆。但为什么会有绿色的迷你南瓜？而且我不记得自己种过南瓜呀。我记得在这个地方种的是茄子，初夏时还收获了大约三个。没错，是油亮亮的茄子色的茄子。但就在这个地方，此刻结出的的确是奇妙的、青椒一般的绿色果实。

这一瞬间，我突然想到了。这一年我在茄子苗旁边种过青椒苗，但基本没能收获青椒。所以相对的，就在茄子的枝头上结出青椒色的果实吗？

我当即拍下那果实的照片上传到脸书上，然后收到了许多诸如"这是什么？从没见过这么奇怪的果实"的评论。其中还有这样的意见："想看看里面，切开看看。"

我战战兢兢地用菜刀切开剪下的果实，打开一看——果实内部竟然是茄子。

我尝了尝味道，那白色的果肉无疑是茄子。但是，外皮却和苦涩的青椒没什么两样。这是完美的茄子和青椒的杂交品"茄椒"。

我试着在网上查了"茄子突然变异"，然后，发现了一张相同类型的照片。但这个谜还是没能因此而解开。

"园艺店里出售的幼苗有许多是接枝的，其中有些会返祖。大概就是这种情况吧？"

终于有人告诉了我这一点。青椒属于茄科。因为是从茄子枝条上长出青椒，所以不是返祖，而是进化？

不过"茄椒"并不怎么好吃。就好像俊男美女的孩子不一定会是俊男美女，它们似乎和人类一样也遵循着某些法则。

我把"茄椒"切片后拌上盐吃了，味道就像浅渍*茄子。

在可以大量买到便宜茄子时，我会做浅渍茄子。把茄子切薄片再撒上盐，稍微入味后再用力拧干。排除水分后的茄子小得惊人，混入切成薄片的襄荷，再淋上少许酱油，就是一道清爽的夏日腌菜。若再挤上几滴酢橘汁提味，那就更妙了。

---

*　一种日式腌菜的做法，用调味液短时间内腌渍黄瓜、茄子、萝卜等蔬菜而成，又称一夜渍、即席渍、新香渍。

浅渍茄子

材料（4人份）：

茄子4个，蘘荷2个，盐1大匙，酱油少许，酢橘（凭个人喜好）。

做法：

1. 茄子沿横向切成薄片并撒盐。
2. 待盐充分浸润后用力挤干茄子。
3. 拌入切成薄片的蘘荷，淋少许酱油，再凭喜好挤上酢橘汁。

便当四守则　究极偷懒便当

我开始做便当是在女儿进幼儿园那一年，自那以后直到儿子高中毕业，算起来我一共连续做了 19 年的便当。

虽然在幼儿园的时候，只要在饭团里加上香肠就好，但孩子们上中学后就不能这样了。

所以，我经常会在每天早上为当天便当的菜式犯愁。

我上高中时，同年级有个男生的课桌里一定放有桃屋的"开饭喽"*的瓶子。每一天，他带来的铝制饭盒里都只装着白米饭。午餐的时候，他就把"开饭喽"倒在白饭上吃。吃完饭，那只瓶子就会被再次放进摆满教科书的课桌抽屉深处。

---

* 桃屋是生产各种酱菜和调味料的百年老厂商，以海苔加工而成的日式甜咸味腌菜最有名，"开饭喽"海苔酱是其招牌商品。

那个男生毕业后上了京都大学。

"便当嘛，只要有'开饭喽'不就好了？"

我经常会被这样的诱惑驱使。

因为只吃"开饭喽"加白米饭也能上京大。

不过，我也听丈夫这样坦白过："高中时，打开奶奶做的便当，发现白饭上只有一条沙丁鱼干后，我不由自主地哭了。"

所以我还是觉得，要做比沙丁鱼饭、"开饭喽"加白饭更好的便当。

我由此而开创的"究极偷懒便当"如下：

一道昨晚的剩菜

一道鸡蛋料理

一道冷冻食品

一道早上精心烹调的菜

这样，只要早上做一道菜，就能变成盛有四种菜式的丰盛便当。

因此，要做便当的前一晚，我一定会做像是炖羊栖菜、土豆炖肉之类的料理，然后原封不动地搬进便当里。

而所谓的鸡蛋料理，就是白煮蛋或是煎蛋卷。超简单。

渐渐地，我甚至对早上精心烹调的那道菜都感到麻烦，有时候就会在前一天去熟食店买来熟食放进便当盒。我给自己找借口，觉得即使这样也比"开饭喽"加白饭来得豪华。

让人发愁的是夏天吃的便当。

便当没法在前一天做好，鱼糕卷、鱼糕片都会变烂而没法用。所以夏天就是炸鸡块和饭团。每天都是。我对除此以外的菜都会感到提心吊胆，因为我曾有过切身经验。

在儿子小学三年级的时候，我给他做了运动会上吃的便当。虽说在如今的公立小学，是孩子们自己吃便当，不会再像以前那样一家人在校园里铺个垫子一起吃，不过，运动会依旧是特别的日子。所以我很努力地把前天煮的松茸饭做成饭团给儿子带去。

运动会结束后我问回到家里的儿子："便当怎么样？"

儿子是这么回答的："嗯。虽然有线一样的东西在里面黏糊糊的，还有怪味，但我因为饿了就全部吃光了哦。"

松茸是菌类。即使已经是10月初，这一天的强烈日晒还是给人一种置身夏末的感觉。很显然，松茸饭团在万事俱备的条件下，彻底地发酵了。

据说夏天的时候，如果把在冰箱冷冻室里冻起来的茶饮料瓶和便当放一起，能起到保冷剂的作用。白天融化后正好能喝。不过，我再也不做松茸饭团了。

究极偷懒便当（刀豆卷、煎蛋卷、黄瓜鱼竹轮、咸鲑鱼饭、意大利面）

刀豆卷的材料和做法：

1. 把 8 根刀豆快速煮一遍。取 4 片切薄的猪腿肉，每 2 片沿纵向铺平撒盐并卷起 4 根刀豆，做成 2 个刀豆卷。

2. 用平底锅稍微加热色拉油，把刀豆卷放进锅里并用大火煎。待出现焦黄色，把火关小，盖上锅盖加热 3 到 4 分钟。

3. 打开锅盖，加入酱油、味淋各 1.5 大匙，再用大火把汤汁收干。冷却后切成适合放入饭盒的大小。

煎蛋卷的材料和做法：

1. 打 2 个鸡蛋，加少许盐后打匀。

2. 用煎蛋器或者平底锅加热少许色拉油，倒入 1/4 蛋液并摊平，从一端拉起到另一端反复叠起做成蛋卷。一共做 4 份。待蛋卷冷却后切成适合放入饭盒的大小。

黄瓜鱼竹轮的材料和做法:

把 4cm 长的黄瓜切成 4 段，分别塞入市面有售的芝士鱼竹轮里。

咸鲑鱼饭的材料和做法:

1. 取一半咸鲑鱼，烤过后去皮、去骨，再切成大块。

2. 把 1 小份米饭铺入饭盒，用手撕碎调味海苔（袋装）并撒在饭上，再依次放上适量调味芝麻（酱油味）和烤好切块的咸鲑鱼。

意大利面的材料和做法

取 1 包冷冻意大利面，直接用微波炉（500W）加热 2 分钟后用锡纸包好。

※ 材料都是 1 人份。

万能的高汤精　辣味鸡汤

我家的汤很简单，只有用颗粒状鸡骨汤精做成的中华风味汤和用固体高汤做成的西洋风味汤这两种。

在鱼、肉、香肠中选择一种蛋白质，然后随便配上蔬菜，做出来的汤不但营养丰富，还简单温馨，所以在冬天的餐桌上必不可缺。

而这道"辣味鸡汤"就是我家的招牌菜"中式猪肉丸汤"的应用篇。

我试过用鸡肉代替猪肉丸，再用莴苣代替青梗菜，结果居然很不错。但还是稍显美中不足，于是我又加上酱油和辣油。

"好、好喝！"

丈夫和儿子在试吃后惊呼出声。

"不过，似乎和什么东西的味道很像。"

"是鸡汤拉面吧？"

正是这样。在鸡汤里加上酱油和辣油后，就是鸡汤拉面的味道。

结果把煮熟的面倒入汤里，应该就是一碗像模像样的"莴苣鸡肉拉面"。等我在中华街开饭店时（什么时候？），就把它加进面类的菜单里吧。

虽然拉面正在世间流行，不过，显然存在味道还比不上这道用鸡骨汤精做的汤底的拉面店。

到底要用什么方法、什么食材才能做出这么难喝的拉面汤呢？我经常会遇上令人无法置信的拉面。完全感受不到汤底的味道，离好喝、美味更是差十万八千里。那只不过是有味道的开水，而且是温开水。难吃得简直让我想找茬似的把鸡骨汤精撒进碗里。

以前曾有个名叫《脱离缺爱大作战》的电视节目。

这个节目的框架就是让无人问津、面临倒闭的饮食店店主去名店学习后重振店面。但难吃的拉面店店主就算去了有名气的店学习，还是连高汤也熬得不尽如人意。因为他听不进别人的话，所以也无视名家告诉自己的步骤。

"原来如此，世界上难吃的拉面就是这么做出来的吧。"

我终于理解了。不看食谱，不听他人忠告，也完全不讲究火候。但在节目的最后，他总算严格遵循名家教导，熬出了好喝的汤。

不过我觉得，不用给名家当徒弟，只要有鸡骨汤精就能成功摆脱难吃的拉面。

有很长一段时间，鸡骨汤和法式清汤就是我家的两大汤。不过之后稍稍有了变化。

女儿从家里独立后，晚饭就只有我和儿子两个人吃（丈夫要深夜才回家）。因为儿子回家的时间不规律，所以锅料理也做不成了。

于是，我把锅料理的食谱改良成高汤风味的，把它当成晚餐时的汤。

韩式部队锅就做成韩式部队锅风味的汤，米棒锅 * 就做成米棒锅风味的汤。这样一来，可以马上重新加热，端给晚上10点后才到家的儿子。

而反之亦然，我思考过是不是给锅料理加入鸡骨汤精后就能变成"中式火锅"。不过，我察觉到浓汤锅没法吃很多，所以还是再次把它定位为汤。

---

* 秋田县的地方料理，用鸡骨做汤底，加入酱油、日本酒和砂糖熬出酱油风味，然后煮牛蒡、舞菇、鸡肉、葱、芹菜和米棒而成。米棒是把熟米饭裹在杉木棒上、插在炉火边烤制而成的，入锅煮时把木棒抽出即可。

辣 味 鸡 汤

材料（4人份）：

鸡腿肉半块（切成能一口吃下的大小），香菇4朵，莴苣1小棵
（切成适当大小）。

A：水4杯，鸡骨汤精2大匙。

B：酱油1小匙，盐、胡椒、辣油各少许。

做法：

在锅里倒入A和鸡腿肉煮到沸腾，去除浮沫，加入切碎的香菇。
再加入烧熟的莴苣，用B调味。

可以用完酸奶的食谱　水果酸奶

日本人似乎就是喜欢酸奶，每隔几年就会掀起一次酸奶热潮。

过去曾经流行过里海酸奶。实际上住在附近的主妇也曾告诉我："这是能永远用下去的酸奶哦。"还给了我菌种。

以防万一，我来解释一下什么是里海酸奶：当酸奶只剩容器四分之一左右的时候，只要加进牛奶，第二天就能生成新的酸奶。

所以，只要补充牛奶，就不用去超市买酸奶。于是我家的冰箱里一直、总是有酸奶——

理论上是这样。

但是，自从女儿在外住宿以后，家里吃酸奶的就只剩儿子和我，而且一天也吃不了那么多。所以，放置在冰箱里一个月没碰也没加牛奶后，就全部扔掉了。

说起来，我以前也曾经扔掉过大量醋泡大豆。

其实，我是能把东西在冰箱里放到坏的专家。我曾经以为瓶装食品不会腐败，但有一次发现，开了封的瓶装食品即使放在冰箱里也会转眼发霉。

对于食物在冰箱里的腐坏情况，我熟悉到可以写研究报告。

相反最不容易腐坏的，是软管装的芥末。

"妈妈，这个芥末已经过保质期了哦。"有一次儿子这么对我说。

但我没有理睬他，用生鱼片蘸着吃了以后，完全没问题。

似乎扯远了，还是回到酸奶这个话题。

市面上销售的原味酸奶有许多都是 400ml 到 500ml 装的，所以一不小心就会来不及在保质期内吃完。

于是我想到可以用来拌玉米片。用原味酸奶代替牛奶倒上厚厚一层，这样一下子就能吃完。

玉米片也有许多种类，甜玉米片、巧克力玉米片、玄米玉米片等等。各种都尝试过之后，我觉得和酸奶最搭配的是水果，所以混有干果的玉米片是最适合的。

早晨没时间的时候就把酸奶倒在水果玉米片上，再加上枫糖浆吃。

如果连这点时间都没，就把玉米片直接倒入酸奶的容器里加上枫糖浆，再用勺子拌匀后直接挖着吃。这样连洗盘子的时间都省了，非常方便。

不过，我家除了我以外的所有人都讨厌水果干，所以混有水果干的玉米片是我专用的。

为了家人，我会准备好用新鲜水果、酸奶和枫糖浆做成的甜品。玉米片时加时不加。因为这种时候纯粹是为了享受把食物吃在嘴里的感觉，所以如果使用玉米片，就会选原味纯玉米片。

我最喜欢的酸奶是小岩井乳业的"美食爱好者"系列产品，那种黏黏的接近鲜奶油的口感令人无法抗拒。

水 果 酸 奶

材料（4人份）:

无糖原味酸奶400g，猕猴桃1个（切成半月形薄片），草莓12颗（切成适合食用的大小），枫糖浆适量，玉米片适量。

做法:

把猕猴桃、草莓四等分后分别放入4个容器，并浇上酸奶。根据个人喜好淋上枫糖浆，再撒上玉米片。

究极三明治　法式面包三明治

念小学时，我虽然吃校餐，但遇到郊游、运动会等活动就会自己带便当。但我的母亲并不擅长料理，所以我几乎没有关于便当里菜式的记忆。不过，让我带三明治的时候我很高兴。那是用1斤能切12片的面包做的，在面包片上抹上黄油，面包和面包之间夹上火腿和黄瓜，或是白煮蛋。调味就用蛋黄酱。

妈妈做的三明治的重点在于把面包切得薄薄的，再配上满得几乎要滴出来的蛋黄酱。和那相比，市面上出售的以及咖啡店里提供的三明治的面包片都很厚。我觉得这样就会变得干巴巴，在好吃程度上略为逊色。

到了东京开始独自生活后，我立刻就试着做了三明治来重现母亲的味道。然后发现，做1斤三明治竟然出乎意料地费功夫。

首先，在切薄了的面包上抹黄油非常困难。特别是冬天，涂抹坚硬的黄油简直就像是用锉刀刮面包的表层一样。黄油要用热水烫化。要做三明治必须得从这一点开始。

其次是加配料。做白煮蛋三明治时要把蛋煮熟后切成细丁。三四个鸡蛋煮10分钟后冷却剥壳也相当费功夫。蛋衣剥不好就会很烦躁。

最后是把完成的三明治叠起后切除面包皮。干这活儿时如果大意了，面包里夹着的配料就会漏出来。窍门是把刀微微加热后干净利落地切下去。

用1斤的面包做火腿黄瓜三明治和白煮蛋三明治这两种要花大约40分钟。感觉上可以轻易做好，实际上却需要花费相当的功夫。

新婚的时候，丈夫曾经表示："早上三明治就可以了。"

我为此而大怒。

因为我不认为它的料理难度能用"就可以了"来轻描淡写地带过。

不过很快，我发现只要不是"德岛的妈妈味道"的三明治就能很轻松地做好。

如果不用软绵绵的切片白面包，而改用烤得硬硬的吐司片，抹黄油就会很容易，也能省去用开水烫化的时间，之后就能一步一步顺利做下去。再有，烤得香喷喷的面包皮也没必要特地切除。蛋也可以不用煮，做成蛋皮或者美式炒蛋就能缩短时间。

这样的"三明治"，成为我能轻易完成的拿手好菜中的一道。

最近我比较喜欢用法式面包做的三明治。把细长的圆棍面包八等分，纵向划出切口痕后撕开。八分之一大小的法式面包变得像是开膛的鱼一般，往切口里摆上软芝士片，再用烤箱烤。待芝士熔化后就拿出烤箱，夹进自己喜欢的配料，合上切口就可以吃了。

配料可以只是单纯的火腿和黄瓜，用黄芥末酱和蛋黄酱调味后，简直好吃得销魂。

因为在百货商场的地下副食品柜台发现的黄瓜牛油果鸡胸肉沙拉太过好吃，我曾经模仿着用来做三明治的配料。在调味上做了各种尝试后，发现芝麻酱混蛋黄酱的味道最好。

然而，我的丈夫会把任何东西都做成三明治。如果红酒的配菜是肉肠、芝士和法式面包，他就会把它们叠起来做成三明治。而且还不是只用一块面包，直接把食材放上去的开放型三明治，他一定要用另一块面包盖上后才送进嘴里。

"不夹起来，里面的东西会漏出来吧？"

这是丈夫的理由。

即使是厚度为2厘米的法式面包，他都会强行把2块叠起来，并强迫家人也这么做。我非常受不了这一点。

"叠起来再吃。"

面包、肉肠、芝士、面包，如此叠起来会超过4厘米。他既不征求家人的意见也不调味，就只是不断地把他做的那玩意儿堆在盘子上。

这让我感到没来由的厌恶。

看着面无表情默默吃着三明治的孩子们，我想他们的心情一定和我一样。

然而，在儿子离家独立后第一次带女朋友上门的时候，发生了一件事。

为表示对来客的欢迎，丈夫和平时一样开了红酒，并准备了肉肠、芝士，以及切成 2 厘米厚的法式面包。

起初，大家各自吃着下酒菜，喝着红酒。

"就是这样，还是分开吃比较好吃。"

我心里嘀咕。但是酒劲渐渐上来后，丈夫开始像平时一样做起了厚厚的三明治。啊……

"这样夹起来就不会漏了。"

然而，说这话的不是丈夫，是儿子。他对自己的女朋友甩出了和他父亲一样的台词。

原来儿子觉得那厚厚的、干巴巴的，只有咸味的法式面包三明治很好吃。我也不知道这到底是遗传，还是环境造成的印记。

法式面包三明治

材料（4人份）：

把法式面包切成8段，软芝士8片，火腿8片，斜切成薄片的黄瓜16片，蛋黄酱、黄芥末酱各适量。

做法：

在切好的长棍面包上划出切痕后撕开，在撕开的一侧摆上软芝士片后用烤箱烤到芝士熔化，再摆上火腿和黄瓜，用蛋黄酱和黄芥末酱调味后合起。

第四章

时而亦会讲究

决一胜负吧，麦当劳的照烧汉堡！　照烧风味日式汉堡排

说到汉堡排，孩子们会高兴，而且料理起来也简单，所以我家时常会做。

不过，如果每天都一样还是会腻。

我工作地方的隔壁有一家名叫"S"的餐厅。大约十年前，因为被每日更换菜单的午间套餐（附米饭和汤）只要600日元的低廉价格吸引，我频繁带着助手们来这里吃饭。

然而，说是每日更换菜单，午间套餐的主菜却几乎每天都是汉堡排。

周一　"意大利汉堡排"（汉堡排上淋有肉酱和芝士）

周二　"德国汉堡排"（汉堡排旁边摆有薯条）

周三　"胡椒汉堡排"（塞满黑胡椒粉的汉堡排）

周四 "汉堡排"（就是普通的汉堡排）

周五 "蒂罗尔汉堡排"（汉堡排上淋有白酱）

就是这个样子。

唔，简而言之就是事先做好一星期份的用于汉堡排的牛肉馅，然后只要每天做不同的酱汁就好。

照这个势头，"墨西哥汉堡排"（浇辣酱）、"夏威夷汉堡排"（配菠萝）等等，要多少就能做多少。

但是，"S"里没有日式汉堡排。

虽然有一道菜名叫"萝卜泥汉堡排"，但那只是把萝卜泥和绿紫苏摆在汉堡排上。要说是日式也算是日式啦，但是味道的平衡感却很差。说到日式汉堡排，还得是照烧风味吧。

汉堡店里的照烧汉堡虽然好吃，但卡路里却高得一塌糊涂。

卡路里高多半是因为照烧酱汁里所含的砂糖以及照烧酱上又淋的一层蛋黄酱。

就不能设法做出卡路里相对低一点的吗？我试着寻找食谱，然后在杂志的料理页面上发现了"满是蔬菜的日式汉堡排"。

牛肉末里加上山药泥，以及切碎的洋葱、胡萝卜、香菇、竹笋，再撒满酱汁。

哦哦！有这么多蔬菜不是很健康嘛！我立刻试着做了，却不成功。

因为加入了山药泥，所以形状很不好，好像一大坨便便。

啊，我粗俗了，真对不起。

于是，我减少了山药，又加入大量的淀粉用以黏合。在反复试错中最终得到的，就是这道照烧风味日式汉堡排。

要混入的蔬菜除了山药以外，有竹笋就足够了。竹笋的脆感，山药的黏稠，再配合照烧酱的甜味，形成了绝妙的和谐。

而且因为蔬菜的量很多，所以肉末比一般的汉堡排少一点也OK。虽然我觉得这点不论对于经济方面还是健康方面都很好，但酱汁里的砂糖仍然令人无法小觑，卡路里还是高啊。

这道照烧风味日式汉堡排让我家的孩子们欢天喜地。

"味道和麦当劳的照烧汉堡一样！"

这是对我最大的赞美之词。

味噌、味淋和砂糖——只要有这些，任何时候都能在家里品尝到麦当劳式的照烧风味。

照烧风味日式汉堡排

材料（4人份）：

牛肉末280g，山药40g，水煮竹笋1/2小棵，香菇3朵，洋葱1/4个，鸡蛋1小个，盐、胡椒各少许，淀粉1大匙，色拉油1大匙，水溶性淀粉少许。

A：味噌2大匙，酱油2.5大匙，酒5.5大匙，味淋5大匙多一点，砂糖2大匙。

做法：

1. 把牛肉末和磨好的山药泥，以及切成碎末的竹笋、香菇、洋葱倒入碗里，加入鸡蛋、盐、胡椒后拌匀，然后加入淀粉再次拌匀。把拌好的肉馅分成8份，分别捏成椭圆形肉饼。

2. 用平底锅加热色拉油，放入捏好的肉饼煎至两面呈焦黄色，盖上锅盖后用小火煎7到8分钟。

带游泳池豪宅的味道　贵妇春卷

我曾经近距离见过仿如画中的贵妇。

那位女性是青年漫画杂志的编辑，负责美食漫画。通过采访，她结识了一位高级中餐厅的中国老板。虽然两人年纪相差大约有 20 岁，但没多久她就在无名指戴着宝格丽的戒指出现在我面前。

"柴门女士，我要结婚了。请来我新家玩哦。"

她不是直接对口我的责编，不过在编辑部那一群不修边幅的男人里足以大放异彩。毕竟，即便是在泡沫经济的鼎盛时期，能周末出发去香港购物，周一丁零当啷地双手戴满珠宝来上班的女员工应该也不多。

她长得好看，又散发着能魅惑男人的荷尔蒙。听说她（似乎）找到了乘龙快婿后，我也很认同："啊，果然是这样。"

在我的心里，她就是泡沫经济的象征。

去拜访她坐落在横滨市高地区域的新居大概是在那之后过了五六年的事。

有生以来，我第一次见识了带游泳池的住宅，还有建在中庭的篮球场、室内电梯以及住在家里的保姆。

"感觉像是电视里的《拜见夫人豪宅》一样。"

我瞪着眼站在玄关不动。

正当我想象着她一定也已经一派贵妇打扮时，她却挽着头发不施粉黛地出现了，还单手抱着最小的孩子。

"欢迎光临，现在正在准备饭菜，你等一会儿哦。虽然只有些简单的东西。"

我被带去了面积约有 20 叠 * 的餐厅。餐厅里的大理石餐桌上摆着好些菜肴，其中也包括这道春卷。

"我先生虽然是餐厅老板，但晚餐一定要在家里吃。所以真是够呛。"

"我太太一开始完全不会烧菜，不过跟着我们餐厅的主厨学习了以后，如今手艺已经很了不得了。"说这话的是丈夫。

那个泡沫经济时期的梦幻少女、一道菜也不会做的她似乎为了中国丈夫，跟着专业的厨师学习了地道的中国菜。

在端上来的数道菜里，我最喜欢的就是这道春卷。作为搭配

---

* 约 33 平方米。

的香菜在盘子里放得满满的，令人备感新鲜。

用司康饼和酸奶油做的餐后小点也非常好吃。这道点心是在泳池旁的露天餐桌前享用的。

"跨国婚姻实在是厉害。"

和一般的日本暴发户不一样。

没隔多久，我被在 IT 泡沫中发了大财的男性同乡朋友邀请去了家里。

虽然也是带游泳池的住宅，但端来的都是上门送餐服务的大盘装食物，取菜用的是纸碟，筷子是一次性的。这跟邻居的庆生宴没什么区别。

"横滨的中餐之王"*在日落后会给起居室里的暖炉添加柴火。给暖炉添柴的丈夫竟然真的存在，我从心底感到震惊。

我隐约回忆起在德岛的家里有一个内部是燃气炉的伪装暖炉。

即使是现在，每当我做这道春卷，都会回忆起横滨那个华丽的家庭。

---

* 横滨中餐业非常发达，不乏各种高级中餐厅。其中华街是日本三大中华街中规模最大的。

贵 妇 春 卷

材料（10 根的分量）：

粉丝 50g，色拉油 1/2 大匙，猪肉末 150g，盐、胡椒各少许，蚝油 1 又 1/2 小匙，春卷皮 10 张，水溶性面粉适量，油锅用油适量。

做法：

1. 用热开水把粉丝充分煮开，再用凉水冷却。切成适合食用的长度后沥干水分。

2. 用平底锅加热色拉油，把猪肉末炒至变色后，加入粉丝再次充分翻炒。用盐、胡椒、蚝油调味后放置冷却，分成 10 份春卷馅。

3. 用春卷皮密实地包起春卷馅，用水溶后的面粉涂在春卷皮周围封口，封口朝下。

4. 把油加热到 170℃后，将包好的春卷炸到表面呈黄褐色。

面汁炖鱼也要讲究　干烧银鳕鱼

　　离开父母开始自己做饭后，我首先感到震惊的是："鱼竟然这么贵？"

　　在德岛长大的我每天都跟着妈妈去鱼铺，每天都会吃鱼。我一直以为鱼一定很便宜。

　　当我在东京的超市里发现一条鲕鱼要 800 日元时，虽然吃惊于竟然这么昂贵，但也想起自己在德岛的时候其实并没有吃过鲕鱼。

　　平时吃的都是干烧肉鱼、盐烤肉鱼，值得庆贺的日子则是肉鱼寿司。

　　当告诉丈夫自己在德岛吃的东西以后，丈夫问我："什么是肉鱼？"

　　"你连肉鱼都不知道吗！无知也该有限度。"

"那一定是只能在德岛捕到的珍稀鱼种。"

"可能是吧。不过要说是珍稀鱼种，倒还很便宜。"

之后，我们才知道，所谓的肉鱼就是刺鲳鱼。

所谓的刺鲳鱼寿司，就是把体积偏小的刺鲳鱼连头剖开，片成三片后撒盐泡醋，最后做成握寿司。在醋饭上摆着用醋泡过的刺鲳鱼，还要再洒上酢橘汁。虽然这对德岛人来说已经司空见惯，但光是用写的也还是感到一阵酸。

确实很酸。也不是好吃到令人大吃一惊的东西。

只知道刺鲳鱼的我在来到东京后遇到了各种各样的鱼。

银鳕鱼也是其中的一种。

说到鳕鱼，最流行的是盐鳕鱼。虽然冬天会用于锅料理，但很咸，油脂也少，干巴巴的，我并不觉得好吃。

同样是鳕鱼，银鳕鱼和盐鳕鱼就完全不同。

银鳕鱼的油脂很多，在什锦锅里堪称帝王级食材。而在我们家，因为做了什锦锅后大家都只顾着吃银鳕鱼而剩下许多别的食材，所以就废除了什锦锅，改做银鳕鱼锅。

不过因为银鳕鱼太肥，一口气吃很多会感到不舒服，所以吃银鳕鱼锅就少不了蓬蒿、豆腐和萝卜泥。

干烧银鳕鱼也是，如果可以的话最好尽可能多加些胡椒粉。因为如果味道很淡，就会愈发凸显油脂的肥腻，所以调味浓郁些会比较好吃。还有很重要的一点就是要花时间慢慢烧。

但是，如果烧太久，鱼的身体就会变形，所以这一点很难。

当了 30 年以上的主妇，我切身感受到干烧鱼很不容易。

不过因为用来调味的是我所拿手的"面汁利用法"，所以首先就不会失败。乌冬面汁、素面汁、浓缩型面汁，什么都可以，就用冰箱里剩下的面汁，再凭喜好加上砂糖、酒、味淋、酱油。

我比较马虎，一般就是随便加个一两大匙砂糖后煮到干。

这道面汁煮鱼除了烧银鳕鱼以外，也能用于烧鲽鱼和金目鲷。鲳鱼当然也 OK，但因为鲳鱼始终那么昂贵，所以我几乎不会用到。

说到昂贵，之前也曾经写过，学生时代的我曾经因为实在想吃新鲜海胆，就和朋友各出一半的钱在超市里买了袋装的。

和 30 年前相比，肉和水果的价格已经相当便宜，为什么鱼类就总是居高不下呢？

干烧银鳕鱼

材料（4 人份）：

银鳕鱼切 4 段。

A：面汁（若用不兑水型，1/2 杯；若用浓缩型，1/4 杯），水 1 杯。

B：砂糖、酒、味淋各 1 大匙，酱油 1/2 大匙。

生姜 1 块（约 15g，切薄片），大葱 1 根。

做法：

1. 在锅里加入 A、B 和生姜，然后放入滤干水分的银鳕鱼干烧。盖上炖菜专用盖，再盖上锅盖。

2. 用偏小的中火煮大约 15 分钟，其间要不时地把汤汁淋在银鳕鱼上。

3. 把大葱切成 4cm 长的丝并用平底锅干煎，然后放在银鳕鱼上一起煮到沸腾即可。

开炸猪排店的梦想　炸里脊猪排&滑子菇汤

　　我曾经非常喜欢炸猪排，喜欢到想开一间炸猪排店。

　　学生时代，收到兼职工资后我一定会去池袋PARCO里的"H"吃炸猪排，那里可以随意添搭配的卷心菜。刚炸好的猪排热乎乎的，那金黄的面衣似乎放进嘴里就会造成烫伤。给炸猪排涂上满满的酱之后，我会大口大口地咬着吃。啊，这幸福的瞬间。在当时，我对炸猪排有三点讲究：一、配菜必须是切丝卷心菜；二、必须用炸猪排酱；三、肉必须是菲力肉。

　　配菜不可以是莴苣通心粉沙拉。不可以用酱油、英国伍斯特辣酱、番茄酱来取代炸猪排酱。肉不可以是里脊肉，得是菲力肉，可以的话要大小能一口吃下去的炸菲力猪排。*

———————————

* 猪菲力肉即猪的腰内肉，或者说小里脊，因此才能一口吃下。

我对炸猪排的这三点讲究，自那之后持续了 20 多年。

结婚以后我对炸猪排的这三点讲究依旧不动摇。

"不说别的料理，猪排是炸得极好的。"

我受到过丈夫的表扬。

于是我就在新婚丈夫的面前，发表了本文开头"将来想开一间炸猪排店"的言论。

那时我还是个初出茅庐的新人漫画家，没有自信，也不确定自己能一直画漫画。

丈夫默默地把我带去了东京成增（新婚时住在那里）车站前的炸猪排店。

我们坐在吧台位，刚步入老年、疑似店主的男性和大概是他儿子的年轻人正在我们眼前专心致志、滋滋作响地炸着猪排。丈夫问我："你可以像那样炸一辈子猪排吗？"

于是我开炸猪排店的梦想破灭了。

在成增的炸猪排店里，一定会随炸猪排附上滑子菇豆腐味噌汤。黏糊糊的滑子菇似乎具有锁住热量的功效，这碗味噌汤总是热乎乎的。刚炸好的热乎乎的炸猪排，要配上热乎乎的滑子菇汤。

我对炸猪排的第四点讲究——搭配热滑子菇汤就是在这个时候诞生的。

而我对炸菲力猪排的讲究，仅仅是源自"菲力肉的卡路里比里脊肉的低"这一道听途说的知识。

丈夫喜欢里脊肉，去炸猪排店一定会点炸里脊猪排套餐。

"真是个笨蛋，这不是要更胖了吗？"

我在心中翻白眼。

但最近，我发现其实我才是个大笨蛋。

把一片里脊肉裹上面包粉后炸，再把它切成可以一口吃下的大小，盛在盘子里——比起可以一口吃下的菲力肉一块一块裹上面包粉后炸，到底是哪种吸了更多的油呢？

答案很简单。

犹如醍醐灌顶，我突然想明白了。

之后，我对炸猪排的讲究变成了得是里脊肉做的。虽然我也挑战过在猪肉切片里卷进各种食材做成炸猪肉卷，但对我来说，还是简单的炸猪排最好。

我试过把猪肉切片，然后卷上芝士、绿紫苏还有梅干，再裹上面包粉油炸后蘸酱吃，但完全分不清这味道到底是酸还是咸，口感是清爽还是黏稠。

炸猪排还是要可以单纯直接地感受到肉和酱的美味才好。

炸里脊猪排 & 滑子菇汤

炸里脊猪排　材料（4人份）：

　　猪里脊肉4块，盐、胡椒各少许，面粉适量，鸡蛋1个，面包粉1杯到1杯半，油锅用油适量，卷心菜2到3片（切丝）。

做法：

　　猪肉去筋后用刀背拍松，两面撒盐、胡椒，然后依次裹面粉、鸡蛋液、面包粉，并用170℃的油炸透。炸好后切成适合食用的大小装盘，配上卷心菜。

滑子菇汤　材料（4人份）：

　　高汤4杯，滑子菇1袋，嫩豆腐半块，味噌3到4大匙，鸭儿芹3到4根（切成2cm长）。

做法：

　　在高汤里加入滑子菇和切块后的豆腐，再加入味噌并熔化、煮沸，盛入碗里后撒上鸭儿芹。

选牛肉咖喱还是鸡肉咖喱？ 意大利风味（？！）鸡肉咖喱

咖喱的配菜有许多，但我的首选是鸡肉。

牛肉咖喱、猪肉咖喱、鲜虾咖喱、蔬菜咖喱。

在咖喱专门店里点单时，我总是会摇摆不定。

然而，最终还是会点鸡肉咖喱。而且即使是用带骨的鸡肉，也要炖到又烂又软才喜欢。

小时候我喜欢的却是母亲做的牛肉片咖喱。里面用到的土豆和胡萝卜母亲也都会仔细地切成丁状，大概是为了能快点炖到烂。咖喱酱自然是用速食包的那种，现在想想其实很接近咖喱拌饭。而且咖喱上还要加酱汁和一个生鸡蛋，拌成一团以后才吃。

父亲则用酱油代替酱汁。

最重要的是，这拌成一团的咖喱里必须得有牛肉片。所以，在我直到 18 岁的人生里，我都相信咖喱就是牛肉片咖喱加生鸡蛋和酱汁。

到了东京以后，最让我吃惊的是"Top's"的咖喱。我惊讶地发现竟然有这么好吃的咖喱——那是距今大约40年前的事了，就在赤坂的TBS电视台的地下。当时我试着点了菜单里的水果咖喱，端上来的咖喱汁里果真有香蕉以及草莓等水果。味道也果真就是咖喱和水果味。

正是从这家"Top's"开始，我认识到了"其实咖喱要配鸡肉"。我试着点过牛肉的、猪肉的还有羊肉的咖喱，最终还是走向了鸡肉咖喱。

接着就是"新宿中村屋"。这里有着压倒性人气的果然同样是鸡肉咖喱。地道的印度咖喱店"AJANTA"里也是鸡肉咖喱。

我也挑战过肉末咖喱和海鲜咖喱，但最终还是吃回了鸡肉咖喱。对我而言，三大咖喱店就是"Top's""新宿中村屋"以及"AJANTA"。即使过了将近40年，我仍然经常不可救药地想吃这几家店的咖喱。

在老牌旅馆的餐厅里点咖喱，端上的则一定是欧洲风味的海鲜咖喱。要把银色器皿里的咖喱酱淋在单独盛盘的米饭上享用。

有一次，为了取材而去了奈良，有两名男性编辑同行。取材的内容是佛像，所以一大早我们就游走于各间寺庙。到了中午，就开始讨论午餐怎么办。奈良和京都不一样，说得婉转些是这片土地上的人们不太讲究饮食，说得难听些，就是这里好吃的店很少。

"去奈良旅馆吧。那里的咖喱绝对好吃。"

我提出建议。虽说我们所在的地方距离奈良旅馆徒步大约需要 30 分钟，而且旅馆在坡道上，两名编辑还是对我言听计从，跟着我去了。

我们在筋疲力尽时终于走到了奈良旅馆的餐厅。两名男性才坐到桌前，就立刻点单："咖喱。"

我连菜单都没看一眼。

"我要……海鲜意面。"

之后他们告诉我："从那一刻起，我们再也不信柴门女士了。"

并不是因为奈良旅馆的咖喱用的是牛肉而非鸡肉我才没点——坐在餐桌前突然改变主意，这对女人来说是很常见的吧？男人似乎不太懂这一点。

改天我点了奈良旅馆的牛肉咖喱，果然非常的好吃。

意大利风味（？！）鸡肉咖喱

材料（4人份）：

鸡腿肉1块（切成能一口吃下的大小），盐、胡椒各少许，橄榄油1.5大匙，大蒜1瓣（切薄片），洋葱1个（切薄片），甜椒红、黄两色各1个（切成细丝），杏鲍菇3个（按长度对半切开后再切细丝），西葫芦1个（切成1cm厚的圆片）。

A：完全成熟的番茄2个（切大块），红酒半杯，固体高汤1块（剁碎），月桂叶1片。

B：咖喱粉1大匙，番茄酱2大匙，酱油2小匙。

做法：

1. 往平底锅里倒入橄榄油和大蒜，用小火炒到香，放入撒过少许盐、胡椒的鸡腿肉，然后和蔬菜一起用中火翻炒。

2. 在锅里加入A，盖上锅盖用偏小的中火炖25到35分钟，最后用B调味。

重现外食的味道　简单的裙带菜炊饭

　　在外面吃饭时，如果觉得店里的菜好吃，我就会试着在家里做。

　　虽然复杂的菜式做不了，但居酒屋里的菜还是可以靠着记忆试着重现的。

　　这道"简单的裙带菜炊饭*"就是因为在家附近的小饭店里点的"今日炊饭"实在太好吃，于是凭一己之力重现的。

　　炊饭里用到了裙带菜和小干白鱼。我只记得这两种。

　　"做裙带菜炊饭的话，可以把买来的'裙带菜炊饭粉'拌进去以后再煮。"

　　我还想起附近的主妇曾经这么说过。

---

* 炊饭与焖饭类似，是将调味料、处理过的食材与米混合后加水蒸煮的调味米饭。

于是我把裙带菜干和小干白鱼加进大米里一起煮。

难吃。

裙带菜淡得要命，小干白鱼也软趴趴的。

奇怪。到底哪里出错了？即便如此，虽然谈不上是出于自尊心而不去求那家小饭店的老板娘教我做法，但是……毕竟很麻烦。

那家小饭店的味道很好，老板娘却是个话痨。如果我去打听怎么做炊饭，她一定会东拉西扯地和我聊一小时。我不喜欢这样。所以我要设法自己掌握炊饭的做法。

"小干白鱼要再脆一点。"

这是我最先开始反省的问题。但是，如果不和米一起煮，炊饭里就没有小干白鱼的精华了。

先说怎么让炊饭里的小干白鱼更脆。用平底锅和小火慢慢煎的话，小干白鱼会变得又酥又脆。这是附近另一名主妇教我的窍门。若要问慢慢煎是煎多久，需要的时间还挺长。差不多等于把洋葱炒出焦糖色的时间，也就是说，必须耐心地煎上 15 到 20 分钟。

我开始思考，就这一步来说，或许已经不能算是"简单的炊饭"，而是"费时费力的炊饭"了。

但总之，干煎的小干白鱼大获成功，又酥又脆的口感和柔软的裙带菜形成了鲜明的对比。然后从煎好的小干白鱼中取一半，加水放进米里一起煮。这道炊饭的窍门就是把两种小干白鱼混在一起以保留口感。

这样一来，炊饭的味道总算接近了那家小饭店。

然后，柴门式炊饭又得到了进化：如果加入揉了盐的萝卜叶，炊饭不但更健康营养，口味也会多一些层次。用揉过盐的萝卜叶配饭这个点子，其实来自电视剧《阿信》里的萝卜饭。

刚结婚那阵，丈夫曾把萝卜叶切碎后揉上盐拌饭（其实也加了萝卜）让我尝，还说："萝卜饭不是挺好吃的吗？阿信为什么要不满意呢？"

吃过牛排和天妇罗之后再吃萝卜饭，那自然是清爽美味……

就这样，在电视剧里看到的饭菜、街上饭店里尝到的菜式都渐渐地进入了我家的食谱。

那家小饭店的羊栖菜日式蛋包饭啦、泡菜猪肉炊饭啦……虽然我想模仿着做的菜还有许多，但我就是无法开口去讨教食谱，所以现在仍在家里挑战。

简单的裙带菜炊饭

材料（4人份）：

米3合，水3杯，小干白鱼30g，萝卜叶少许，盐少许，干燥裙带菜5g。

做法：

1. 把米洗过并过滤水分后，放置10分钟再加水。

2. 用平底锅把小干白鱼用小火干煎到松脆。

3. 把萝卜叶切成小片并撒盐，待其发蔫后拧干水分。

4. 取一半煎好的小干白鱼加入处理过的米中，加入干燥裙带菜，然后用电饭煲煮。饭煮好后加入剩下的小干白鱼和萝卜叶并快速拌匀。

手工甜品的劳力　芒果布丁

我几乎不在家里做甜品。

在孩子们年纪还小的时候，即使女儿说"我去某某家参加生日会，她妈妈端上来自己做的蛋糕"，到她生日的时候，我还是会默默地奉上从车站前的面包店里买来的生日蛋糕。

结婚前我经常做甜品。苹果派、芝士蛋糕、泡芙等等，虽然都是边看食谱边做，但我记得做出来的成品都还不错。

要问为什么结婚后我就不再做甜品了，那是因为光做一日三餐就已经耗尽所有的料理精力，我再也没有多余力气进厨房了。

何况孩子们还小，我甚至觉得做一日三餐都很麻烦。

"妈妈是绝对不会做手工甜品的。"

我还对孩子们这么宣布。

或许是为了反抗我这样的母亲，女儿从初中就开始自己做甜品。

从仅仅是裱了鲜奶油的香蕉，到家庭课上学来的红薯茶巾*，还有情人节前一晚做的巧克力蛋糕以及生巧克力，都是我以前不曾做过的甜品。

不过女儿在备考大学的高三以及浪人时期**的两年里完全没有做过甜品。

也就是说，做甜品是只有在时间、精力都很充裕的情况下才会做的事。毕竟，不吃甜品也不会营养失调，而比起特地亲手做的，这世界上有的是更好吃还可便宜买到的甜品。

不过，这道芒果布丁是唯一一种现在我还会去做的甜品。

做法是过去在青山***的意大利餐厅里学来的。

端上甜品后，我尝了一口，感叹实在是好吃，于是老板兼主厨说："那么我教你怎么做吧。很简单的。"

据说这也是这位主厨去香港旅行时因为吃到的芒果布丁太过好吃，回国后为了重现那种味道而反复试错，最后研究出的终极

---

* 茶巾指一种日式点心。以红薯茶巾来说，就是把红薯蒸成泥再加入砂糖，然后捏成小巧的包袱形状。由于过去在捏制时使用茶道中擦拭茶碗的茶巾来定型而得名。

** 浪人在古代指离开户籍所在地到其他令制国流浪的人，后来渐渐指失去主家的流浪武士。现代主要是指重考生。

*** 东京著名时尚区域，高级品牌店、餐厅以及咖啡店比比皆是，还有众多美术馆。位于港区。

食谱。

最近，一个菲律宾产的芒果在超市大约只卖 100 日元。不过，100 日元的芒果果然也就只值 100 日元 *，不但小，而且剥了皮后取核时果肉也会因为太软而变得烂糊糊，很难作为一道水果甜品摆进容器。

这种时候就轮到芒果布丁出场了。用菲律宾芒果做布丁还省去了把果肉打碎的工夫。另外，由于芒果本身就已经很甜了，砂糖的量最好根据个人喜好适当增减。

家人试吃之后，给出了大大的好评。

"再做那个芒果布丁啦。"

虽然经常被这么要求，但如果精力跟不上就没有心情做，所以一年最多也就做那么一次。

因为一年只买一次芒果，所以我至今也不是很懂木瓜和芒果的区别，有时候会错把木瓜买回家。

---

* 根据是进口还是国产、产地又在哪里，日本贩卖的芒果价格差异很大，从几百到上万日元都有，以数千日元一个较为常见。进口芒果一般格外便宜。

芒 果 布 丁

材料4人份：

黄芒果2大个（尽量选完全成熟的），细砂糖30g，明胶粉5g，热水3大匙，鲜奶油50ml，鲜奶油（点缀用）、薄荷各适量。

做法：

1. 给芒果去皮，用刀背敲打果肉并去核，然后放入碗里用起泡器大致打碎，再加入细砂糖拌匀，送进冰箱冷藏室放置1小时。请根据芒果的成熟度适当调整细砂糖的量。

2. 用热水溶化明胶粉，倒入冷藏后的芒果中。再加入鲜奶油并充分拌匀，然后倒入模具并送进冰箱冷藏室待冷却凝固。

3. 用勺子把凝固的布丁舀到小盘子上，配上打发至6到7分的鲜奶油，用薄荷点缀。

高压锅格斗记　筑前煮风味红烧肉

　　以前我不太喜欢用高压锅。最早买的高压锅在喷蒸汽的时候会发出很响的声音，于是我试图拧上限压阀套，却反而弄松了。我心想这下一定会爆炸便赶紧熄火，结果洗锅子的时候又松了一颗不知道是哪里的螺丝……到头来那只高压锅只被火烧了一次就一直深锁在柜子里。

　　不过，想要不断增加菜式种类，高压锅就会变得不可或缺。但因为过去的阴影，我总是没法出手尝试。

　　就这样，某年的 12 月，当丈夫问我想要什么圣诞礼物时，我脱口而出："高压锅。"

　　结果就是我要再度挑战高压锅料理。

　　"噪音小，无须调节限压阀，清理方便"——这次，我得到了集各种优点于一身的高压锅产品。

但是点火以后，不还是会发出咻咻、哗哗的声音嘛。加压后，锅子整体还会咯哒咯哒地摇晃。

在正式料理食物之前，我只是用水试运转了下，但还是这样。

"真的不会爆炸吗？真的不会爆炸吗……"

我提心吊胆。而且，锅子和锅盖之间不是会有一滴一滴的水滴落吗？这是不应该出现在压力锅上的事。所有的蒸汽都必须通过蒸汽排出口排出。我瞪着眼反复阅读操作手册，但完全没弄明白是哪里不对。然后，不再滴水了。之后的半年里，我一直都在用这口压力锅，水滴时有时无，但还是没能找出原因。不过这种时候我就在心里反复念叨：

"我记忆里没看到过因为高压锅爆炸而死伤的报道，而且如果发生了这样的事故，那厂商早就破产了。"

亏得如此，最近就算高压锅发出了略奇怪的声音，又或者是出现不应有的滴水，我也会继续料理。如今，高压锅已经成为我家不可或缺的调理厨具。

高压锅做出的鱼可以连着骨头一起吃下去，而这道红烧肉里用到的五花肉也只要炖 30 分钟就会软得可以用筷子划开。无法相信我曾经要咕嘟咕嘟地炖两三个小时。

不过在到达现在这个境界之前，我也有过连续的失败。因为食谱（买压力锅时附送的料理笔记）上说猪肉可以和豆腐一起炖，所以我曾经特地去买了豆腐，和猪肉一起放进锅里。

加压 30 分钟后，我想肉应该也炖好了，于是就熄了火，打开排气口给锅降压。就在这个瞬间，随着巨大的"哔哔嘟嘟嘟嘟——"的响声，豆腐和水蒸气一起从排气口径直喷出，溅在了天花板上。厨房的天花板和地面都因为混合了猪油和豆腐的有腥味的汤而湿透。

这样的失败重复了三次。

结果我得出了两点结论：一、要用淘米水来代替豆腐；二、熄火后不要立即释放蒸汽，而是要过一会儿。至此我已经成为高压锅达人——应该是这样，但前几天我解下了一个不知道是什么东西的橡胶帽后，如往常一样继续使用高压锅却烹饪失败。

筑前煮风味红烧肉

材料（4人份）：

猪五花肉 400g。

A：生姜 1 块（约 15g），大葱 1 根（取葱绿部分）。

淘米水适量，白煮蛋 4 个，蒟蒻 1 块（切成能一口吃下的大小），胡萝卜 1 根（去皮，切碎）。

B：水、酒、寿喜锅酱汁各半杯。

做法：

1. 猪肉整块放进高压锅，加入 A 和淘米水，须没过猪肉，然后盖上锅盖用大火煮。冒蒸汽后把火关小再煮 20 分钟。熄火后自然放置，等压力完全释放后，取出肉并用水清洗，然后切成 2 到 3cm 见方的小块。

2. 把切好的肉放进别的锅里，加入白煮蛋、蒟蒻、胡萝卜，再加入 B。用大火煮到沸腾后转小火，盖上锅盖炖 20 到 30 分钟。

不可小看随家电附送的食谱　竹笋炊饭

通常我每过两三年就会买新的电饭煲。

确切的说法是保温电饭煲。由于我会过分使用"保温"功能，这些电饭煲很快就会被用坏。

"这炊饭里没放配料哦。"

"不，这是温了三天的白饭。"

虽说有条广告专门这样讲，但对我来说这早就是常事了。

我会若无其事地把米饭用保温功能保温个两三天。白米自然会发黄，并渐渐地失去水分。

保温电饭煲的说明书里一定写有这么一句："不要长时间保温。"

不过呢，虽然味道会差上那么一点，但也不是不能吃，我们家人可以若无其事地吃下在电饭煲里放置了 24 小时、48 小时的饭。

但即使我们的胃没事，电饭煲却没法没事。

"电饭煲的使用年限好短啊，一般两三年就坏了呢。"

"哎？柴门女士，哪有这种事啊。"

编辑 K 小姐惊呼出声。

"随便就能用上个十年哦。是不是柴门女士的用法不太对？"

原来是这样吗？那个时候，正迎来主妇生涯第 23 年的我才第一次了解到电饭煲的真相。

买电饭煲时，一定会附送饭勺、量杯和"料理妙方"。

因为经常买新电饭煲，所以我家到处都是饭勺和量杯。

"料理妙方"也是。

其实这次的竹笋炊饭食谱也是基于随电饭煲附送的"料理妙方"而来的。

虽然都是炊饭，但根据地域不同，炊饭的味道会有很大的区别。

京都风味的炊饭会淡到令人吃惊，而在东京站买的车站便当里的炊饭则是酱油色的。

不过，就我而言，我觉得今天要说的这份食谱里的调味是最好吃的。

我尝试过各种料理书里的炊饭食谱，最终还是定型于这份食谱。

在附赠的"料理妙方"里,它单纯只是"五色炊饭"*。因为干香菇香味强烈,所以想好好享受当季的竹笋饭时,我会减少干香菇和胡萝卜的量。这是为了充分品尝竹笋的清香。

超市里能买到的炊饭料理包的种类也很丰富。做蛤蜊炊饭时我就会利用市面有售的料理包。佃煮制作厂销售的蛤蜊炊饭料理包里有很不错的佃煮蛤蜊,非常好吃。

不过,那是三合炊电饭煲用的料理包。

女儿独立以后,家里改用了三合炊电饭煲。因为少了一个人,之前使用的五合炊大电饭煲就变得碍事了。

我想既然是三合炊电饭煲,那么做三合蛤蜊饭应该绰绰有余。

不知怎的,我竟然没有察觉给三合米加进配料后显然就会超过三合。

结果,当然就诞生了一锅部分夹生、部分烂熟的惊世骇俗的炊饭。看来我就是个会把电饭煲用坏的女人。

---

* 五色指加入炊饭的五种食材,传统而言是干香菇、胡萝卜、牛蒡、油炸豆腐、蒟蒻。

竹 笋 炊 饭

材料（4人份）

米3合。

鸡腿肉1块（切成小块），胡萝卜半根（切丝），油炸豆腐2块（去油后切成短条状），竹笋1小棵（煮过后切片），干香菇2朵（泡发后去柄），花椒芽少许。

A：酱油、酒各2大匙，味淋1大匙，盐1/2小匙。

做法：

1. 在煮饭前30分钟把米淘好滤起。

2. 在电饭煲的内胆里放入淘好的米，加入A，按刻度倒入水后搅匀。加入鸡肉、胡萝卜、油炸豆腐、竹笋、干香菇，正常煮即可。

3. 饭煮好后再焖大约10分钟，轻轻搅拌后盛入碗里，再放上花椒芽。

分解鱿鱼的快感　鱿鱼圈＆黄油煎鱿鱼须

　　有一段时期，我认为这世界上最好吃的东西就是鱿鱼圈。

　　在刚炸好的鱿鱼圈上洒上柠檬汁后享用，又或者把凉了的鱿鱼圈和切丝卷心菜一起蘸着酱汁吃。

　　这种时候，鱿鱼当然要新鲜。不过，我也不是从一开始就懂得分解新鲜鱿鱼的。

　　以前我一直使用冷冻鱿鱼，就是经常能在超市里看到的鱿鱼圈。把鱿鱼圈解冻后，再裹上面衣油炸。

　　但有一天，我却遇上了异常难吃的冷冻鱿鱼。

　　"怎、怎么会这么难吃！"

　　我不由自主地叫出声，别说是没有味道和香味了，连鱿鱼本身的弹力都完全没有，咬下去软绵绵的。

　　"冷冻的不就是这样吗？"

虽然丈夫出乎意料的宽容，但当时，炸鱿鱼和炸猪排可是并列位于我最喜欢的菜单榜首的。

"我讨厌这样的炸鱿鱼。"

终于，我的需求变成了吃新鲜鱿鱼。这就要自己拔下鱿鱼的触手、取出内脏。这个时候要注意千万别弄破墨袋，因为一不小心墨汁就会溅得厨房里到处都是。

我经常把鱿鱼墨（ikasumi）和乌鱼子（karasumi）搞混。有一次我在意面店点了"乌鱼子意大利面"，满心期待地等着一团漆黑的意大利面。然而，端上来的却是普通的意大利面，上头撒了少量昂贵的乌鱼子。

虽然我不用鱿鱼墨做菜，不过会用内脏做酱汁。新鲜的鱿鱼除了嘴和眼球以外全都能吃。以前我把鱿鱼皮去得干干净净，但一个有名的料理研究家却说"除了做生鱼片以外都不用去皮"，自那之后我就不再去皮了。原本我都是用干抹布以及牙签等道具给鱿鱼去皮。

我觉得在分解鱿鱼这一工程里，去皮占据了大部分的时间。

自从听到那句话，分解鱿鱼就成了一件赏心乐事。

做干烧芋艿以及裙带菜炊饭时当然也不去皮。很多年前的正月，去寺庙新年参拜时，我敌不过寺庙里烤鱿鱼摊的香气诱惑买了烤全鱿鱼。

然而那鱿鱼正是没去皮的（去皮的烤鱿鱼摊才是少数吧）。

结果，怎么也咬不动。鱿鱼皮就像橡胶似的噗地延展，不管怎么努力去咬都会无限拉伸。

咬不断的鱿鱼皮在我咽不下去的食物排行榜上有相当高的排名（牛草肚还有鸡皮也是。感觉会卡在喉咙里，怎么都咽不下去，所以总是会在嘴里嚼到烂）。因为对那家摊贩恐怖的鱿鱼心有余悸，最近我经常会先给鱿鱼去皮再油炸。

不过，如果把鱿鱼圈切得薄一些，不去皮也没关系。说起来，经常会听说有人吃年糕噎住，却从没听说过有人因为鱿鱼皮而窒息死亡。所以是我多虑了吗？

果然"不用去皮"才是正确答案。

鱿鱼圈 & 黄油煎鱿鱼须

材料（4人份）：

  鱿鱼2条，面粉、蛋液、面包粉各适量，油锅用油适量，黄油1大匙，酱油、柠檬汁各适量。

鱿鱼圈的做法：

  1. 切去鱿鱼触须并摘除内脏、软骨（触须和鳍用来做黄油煎鱿鱼须），连皮切成直径7到8mm的鱿鱼圈。

  2. 沥干鱿鱼圈的水分，依次裹面粉、蛋液、面包粉，放入加热到170℃的油里炸透。

黄油煎鱿鱼须的做法：

  1. 把做鱿鱼圈剩下的触须一根根切开，鳍切成适合食用的大小。

  2. 用平底锅加热黄油至熔化，加入切好的鱿鱼须后快速翻炒，均匀地洒上酱油和柠檬汁。

第五章

人生饮食多变幻

吃鸡胸肉能瘦吗？　炸鸡胸肉排

　　说到适合做减肥餐以及病号餐的食材，鸡胸肉经常会被提起。

　　是因为它低脂肪却高蛋白吧。

　　其实我两次生育后体重都曾增加 18kg，我是用卷心菜减肥法去减多出来的体重的。具体方法是在切丝卷心菜里混入白煮蛋，再撒上盐和胡椒以后吃。一日三餐都用这道卷心菜配白煮蛋代替主食，这么吃了一个月后就瘦了 7 到 8kg。

　　而卷心菜配白煮蛋的进阶版本就是卷心菜配鸡胸肉。

　　把煮过的鸡胸肉沿着肌理撕碎，混进切丝的卷心菜后用盐、胡椒调味后吃。急剧发胖的我在心里发誓："在回到原来体重前不吃牛肉、猪肉或者鸡腿肉。"

　　但事实上，我并不了解鸡胸肉的卡路里到底比霜降牛肉的低多少。而且根据如今流行的断糖减肥法来说，鸡肉和猪肉的升糖指数是一样的。

吃鸡胸肉会有种正在减肥的感觉，但或许那真的就只是感觉而已。而且炸鸡胸肉排要裹上面衣后油炸，所以卡路里应该会高很多。

"鸡肉的美味在于皮和脂肪。"

这是丈夫的一贯意见。所以，他不怎么喜欢鸡胸肉。

但是这道炸鸡胸肉排不同，热乎乎、刚炸好的鸡胸肉排好吃得令人流泪。

丈夫也表示认可："至今我都觉得鸡胸肉干巴巴的所以不喜欢，不过这个可以。"

要当心的是，如果吃得很急，刚炸好的鸡胸肉排的面衣会烫伤嘴，或是弄破上颚的皮。

调味只用盐和胡椒。如果配上切丝卷心菜，再淋上中等浓度的酱汁，鸡胸肉的甜味就会在嘴里漾开。

是的，刚炸好的鸡胸肉是甜的。

我曾经以普通的炸鸡胸肉排太单调为由夹上芝士、紫苏或梅干等一起炸，但这些都是邪道。

如果夹了奇奇怪怪的东西，会破坏鸡胸肉原本的甜味。

说到鸡肉就会想到经常在超市的熟食区看到的鸡肉卷，是在鸡肉里夹上胡萝卜、刀豆以及牛蒡后卷起来，再淋上甜甜的酱汁的那种。

虽然我觉得那样会糟蹋鸡肉的味道，但儿子却似乎很喜欢。如果放进便当，他会开心地吃个精光。

炸鸡胸肉排虽然是便当菜式里的常客，但似乎不太能满足正处于发育期的儿子。

也许还得是用更厚实的鸡肉，比如鸡腿做的炸鸡排才能填饱肚子。

鸡肉卷那甜甜的酱汁也很耐饿。

但我以前非常喜欢妈妈为我做的炸鸡胸肉排便当。果然男生和女生所偏好的便当菜式是不同的，男生就是喜欢扎实而耐饿的菜吧。

炸鸡胸肉排

材料（4人份）：

　　鸡胸肉8块，盐、胡椒各少许，面粉2到3大匙，鸡蛋1个（打成蛋液），面包粉1杯，油锅用油适量，卷心菜2到3片。

　　A：中浓酱汁4大匙，柠檬汁1小匙，粗粒黄芥末酱1小匙。

做法：

　　1. 鸡胸肉如果有筋就剔除，两面撒盐、胡椒。

　　2. 依次把鸡肉裹上面粉、蛋液、面包粉，在加热到180℃的油里炸到色泽透亮。

　　3. 卷心菜去芯切丝，用水冲过后沥干水分。

　　4. 把炸好的鸡肉切成两半，配上卷心菜，淋上用A调成的酱汁后享用。

香菜的香味　中式风味（？！）白身鱼沙拉

23 岁时，我第一次体验到了被设宴款待的滋味。

出道后，让我拥有了第一部连载作品的漫画杂志总编请我和丈夫一起在赤坂的餐厅吃饭。那是一家中国海鲜料理店，名叫"海皇"。在那家餐厅里，作为前菜被端上的中式生鱼片令人惊叹不已。

"从来没体验过这种味道，实在太好吃了。"

吃惊的程度就和我在学生时代去东京以后，有生以来第一次喝麦当劳奶昔时一样（40 年前德岛没有麦当劳）。

我惊叹于中式生鱼片是在距今正好 35 年前。当时，我还从来没吃过如今已经在超市司空见惯的香菜，于是，首先就被摆在生鱼片上的大量香菜的香味惊呆了。

日式生鱼片的配菜一般是萝卜，最多也就是黄瓜。然而中式生鱼片的配菜却是香菜啦、炸馄饨啦、花生之类。在那之上还要再淋花生油和酱油，拌匀后才吃。

炸馄饨和花生脆脆硬硬的口感搭配软软黏黏的白身鱼，构成了绝妙的组合，在那之中还要再加上香菜强烈的香气。脆脆硬硬、软软黏黏、清清爽爽（切丝蔬菜的口感），还有强烈的香菜的香气。

这变化丰富的食感着实刺激。

"所谓生鱼片，主要不就是酱油和芥末的味道嘛。"

这种论调（称得上论调吗？）曾是丈夫一贯的主张。的确，如果被问生鱼片是什么味道，脑中就会浮现芥末和酱油。不过，这是在遇见那道中式生鱼片之前。我被"海皇"的中式生鱼片打动，立刻就决定在家里重现。

我遇到的第一个难题是花生油。虽然如今可以很轻易地在稍微大型的超市的中式食材区买到，在35年前却怎么都找不到。

于是我尝试用研磨器研磨花生，企图提取花生油，结果是白费力气。我连1ml的花生油都没能提取到。

而且也找不到香菜。这样一来终究没法向"海皇"的味道靠拢。所以，有十几年的时间我都放弃了中式生鱼片。

然而某一天我却在当地石神井的超市发现了成捆出售的香菜。

"这样就可以做中式生鱼片了。"

我当下开始研究。

用芝麻油取代花生油，用薯片代替炸馄饨（玉米片也可以）。

哦！这样不是也很可以吗？非常接近"海皇"了。

"怎么样，是餐厅的味道吧？"

我十分得意地向家人展示。但是还在读小学的女儿却把香菜吐了出来："好奇怪的味道。这种蔬菜我吃不下去。"

在日本，即使是成年人，也有许多不喜欢香菜的。小孩子果然同样接受不了啊。

女儿又提出："如果没有这种奇怪的蔬菜，我会觉得很好吃。"我按照她的要求去掉了香菜，不过因为觉得有所欠缺，就用鸭儿芹来替代。虽然比不上香菜，但也别具风味。

"嗯，这个可以吃。"女儿这么说。

什么呀，如果用鸭儿芹就行，那么35年前就已经能重现了啊……我为时已晚地察觉到了这一点。

中式风味（？！）白身鱼沙拉

材料（4人份）：

鲷鱼或其他白身鱼的生鱼片150g，盐、胡椒各少许，黄瓜1根，胡萝卜1段（5cm），萝卜1段（5cm），大葱1根（葱白切丝后过水），鸭儿芹1捆（切成2到3cm长），花生1/3杯（切成粗粒），咸味薯片5到6片。

A：芝麻油（或花生油）2大匙，酱油3大匙，柠檬半个（榨汁）。

做法：

1. 在生鱼片上撒盐、胡椒，放进冰箱冷藏室冷却备用。

2. 用刨丝器把黄瓜、胡萝卜、萝卜切丝，分别用冷水充分洗净并沥去水分后再用手拧干。

3. 把切好的蔬菜丝盛在大盘子里，注意颜色搭配，再把生鱼片摆在上面，并撒上葱丝、鸭儿芹、花生以及用手弄碎的薯片，最后淋上A。

辣味与苦味的调和 "大人的泡菜猪肉"

泡菜实在很好吃。

有泡菜鱿鱼的日子我能吃好几碗饭。虽说辣椒有利于减肥，但如果因此而添上好几碗饭，似乎就完全没有作为配菜的意义了。泡菜会帮助我燃烧吃下去的那好几碗碳水化合物吗？可以正负抵消吗？泡菜鱿鱼饭能当作减肥餐吗？虽然有着各种心思，但今天我也没能停下筷子。

不过，在能说出"喜欢泡菜"这句话之前，我曾走过很长的弯路。

其实，我以前不太能吃辣。我曾在去泰国旅行时哭过，因为没有可以吃的东西。

中餐里的四川菜也会用到许多辣椒。在香港吃到时觉得确实非常辣。

舌头刺痛，喉咙滚烫，连胃都在发热。

"竟然能若无其事地吃下这么辣的东西。"

但就是有人会喜欢这种辣得让我吃不消的食物。

事实上我丈夫就是。

他可以若无其事地吃下汤色通红的激辣拉面，吃印度咖喱时也点辣度最高的。当然，他也非常爱吃泡菜。

"辣的我不太行……"

我婉拒时，他总是笑着说："真是小孩子。"

但这样的我却遇上了转机。有一次，别人给了我激辣仙贝，那种辣得只会让人觉得是惩罚游戏的激辣仙贝。仙贝的表面因为撒在上面的辣椒粉而显得通红。

只要吃一口就感觉嘴里在喷火，吃两口胃就发烫了。

我把这种仙贝放在工作场所的桌上，一点一点地吃，以赶走睡意。渐渐地，我就习惯了。

就好像身体会习惯酒精一样，据说成年以后，身体也会习惯激辣食物。

通过克服激辣仙贝的辣度，我的吃辣等级登时提升。

之后，我开始对微辣、略辣没有感觉，反倒是变得无法忍受不彻底的辣。要辣就再辣些，吃乌冬面时我会狠狠地加七味唐辛子*，外卖比萨里附送的调味辣椒也都全部用掉。

---

* 以辣椒（唐辛子）为主料，加上花椒、黑芝麻等六种辅料制成的混合辣椒粉。

如今，泡菜自然是我的心头好。

住在东京练马区时，邻居家的男主人经常去韩国出差，于是总会送我地道的泡菜当礼物。

然而，要在保质期前吃完实在是非常困难（因为总是会送我相当大一包）。这种时候，为了一下子把它们用掉，我就会做泡菜猪肉和泡菜锅。

做这道"大人的泡菜猪肉"时配合使用了冰箱里的剩余食材，因为出乎意料的好吃，所以就进入了我们家的常规食谱。

本来应该是用白菜来取代鸭儿芹的，用茄子也可以。

不过，加入鸭儿芹会增加料理的苦味，辣中带苦，正是"大人的味道"。

当时正在读高一的儿子还是个孩子，所以似乎不怎么喜欢。他只吃猪肉，还会用筷子把粘在猪肉上的鸭儿芹挑掉以后再吃。

不过呢，对于沾着泡菜汁的猪肉他却大赞好吃，所以算是在朝着长大成人迈进吧。

"大人的泡菜猪肉"

材料（4人份）：

猪五花肉肉片200g，泡菜150g，生姜1块（约15g，切末），大葱半根（斜切成片），鸭儿芹2捆（切成3到4cm长），色拉油1大匙，豆瓣酱1小匙，砂糖1/2小匙，酱油2小匙。

做法：

1. 把五花肉片在热水里煮到变色后，沥干水分备用。泡菜切成3到4cm长，轻轻地拧去汁水。

2. 用平底锅加热色拉油后把生姜炒香，加入五花肉片和泡菜后用中火翻炒，再加入大葱一起炒匀。

3. 加入豆瓣酱、砂糖、酱油后迅速拌匀，最后加入鸭儿芹快速搅拌，然后熄火。

鱼的眼珠最好吃？！　超简单！鲫鱼萝卜

　　最近去超市就能看到在活鱼区有卖袋装的鲫鱼鱼杂，用于做鲫鱼萝卜。

　　说得更确切些，和鲫鱼鱼杂一起卖的还有切成圆片的袋装萝卜。

　　一般会有 5 到 10 袋放在那里，所以我家附近每晚有 5 到 10 个家庭在吃鲫鱼萝卜吧。

　　在特别想吃鲫鱼萝卜的日子，总是会买不到鲫鱼鱼杂。

　　这种时候虽然能用鱼碎肉来取代，但味道却完全不行。

　　必须用鱼杂，而且得是从鱼头上切下来的。鱼眼珠周围黏稠的胶质、鱼眼下方带有脂肪的鱼脸肉——那里蕴藏着鱼碎肉绝对无法匹敌的美味。

　　然而我是在结婚以后才学会品尝鱼的眼珠部分的。在我的老家德岛没有吮鱼眼珠的习俗。

"真傻啊，明明鱼的这部分最好吃了。"

丈夫说着挖出干烧金吉鱼的眼珠送进嘴里。

在那之前我从没见过把整只鱼眼珠含进嘴里的人类。

只见丈夫的嘴咕嘟咕嘟抿了几下，忽然缓缓地张嘴呸地吐出了什么东西。是没有眼黑的白色珠子。鱼的眼珠在嘴里抿过后会变成纯白的珠子。

人类的眼球如果含在嘴里抿过后也会变成白色珠子吗？而且会比身体任何部分都好吃吗？

"你也吃。"

"不要。"

我认为自己绝对做不到把眼球含在嘴里抿成白珠子。眼黑跑哪里去了呢？光是想到这一点我就会起鸡皮疙瘩。

于是丈夫就把干烧鱼的眼珠全都挖出来吃了。不时还会来句"不妙"，然后把眼珠吐出来。看起来不够新鲜的鱼眼珠还是会很腥很难吃。

我一直自以为和丈夫不同，神经纤细敏感（或者说拥有会脱轨的想象力）的我是不可能吃下鱼眼珠的。

某天我做了鲷鱼汤。这是在老家时母亲经常会做的一道菜。用鲷鱼的鱼杂能熬出许多精华，让汤变得非常好喝。

这一天我很饿，把其他的菜都吃了以后还是觉得饿。

盛着汤的碗里是只剩下带一点点肉的鱼胸骨和鲷鱼头。

我敌不过饥饿，于是挖出鱼头里的眼珠塞进嘴里。然后……好、好吃。

自那天起，我就迷上了干烧鱼的眼珠。纤细敏感的神经败给了饥肠辘辘的肚子。

顺带，女儿也非常喜欢吃鱼眼珠。

以前读过的一部名叫《龙之子太郎》的儿童文学里，有这么个场景：变为龙形的母亲挖出了自己的眼珠，给饿得哇哇大哭的孩子吮吸。

《龙之子太郎》的作者搞不好也喜欢吃鱼眼珠。

如果要吃鲥鱼萝卜里鲥鱼的眼珠，那么请尽可能购买新鲜鱼杂。

超简单！鲕鱼萝卜

材料（4人份）：

萝卜半个（去皮，切成大块），海带片1片（10到12cm），酱油少许，鲕鱼鱼杂500g，生姜1块（约15g，切薄片）。

A：水2杯，2倍浓缩型面汁1杯，砂糖2大匙。

做法：

1. 锅里铺上海带片，上面放萝卜，倒入差不多没过萝卜的水和酱油，先煮大约20分钟。

2. 把鲕鱼鱼杂放在滤网上均匀地浇上热水，再立刻浇冷水，然后沥干水分。

3. 在别的锅里加入煮过的萝卜和处理后的鲕鱼鱼杂，并加入生姜和A煮到沸腾，盖上炖菜专用盖，再盖上锅盖，用偏小的中火煮20分钟。

为了长大成人的仪式　苦瓜炒豆腐

30 年前，丈夫的双亲从山口县来到了东京，于是我们一家人在东京板桥区开始了共同生活。

当时公公 65 岁，已经从公司退休，过着悠闲舒适的生活。公公来到东京后马上申请了"区民农园"。

这是区政府在一定时间内把可耕地租借给区民的系统，区民可以在各自租借的土地上耕种并培育各种农作物。

公公会定期骑着自行车从位于板桥的家前往农园。他在地里种了各种蔬菜，最成功的是苦瓜。虽然如今在每家超市里都有卖，但当时周围还没有人知道苦瓜的料理方法。

不过，那时丈夫的助手里有一个人来自冲绳，于是就教了我这道料理的方法*。

搞不好公公的苦瓜种子也是这个助手给的，我不认为东京的种子店里会卖苦瓜种子。

公公的田里种有各种农作物，但不论是番茄也好、黄瓜也好、菠菜也好，基本都长得很一般。玉米也就那样。

唯一获得大丰收的就是苦瓜，只是就算分给近邻也会遭到冷遇，无奈之下只能自己人内部消化。

每一天每一天都是苦瓜。

连丈夫的职场便当也都是苦瓜料理。

我们夫妻两人每天都要吃一根苦瓜。我记得当时的苦瓜比现在的更苦一些，或许如今的品种多少有过改良吧。

三年后，我们一家从板桥搬去练马，也告别了区民农园。

我正以为能从苦瓜料理中解脱了，丈夫却似乎喜欢上了苦瓜，每每在超市里发现苦瓜就买回家，说可以当下酒菜并亲自料理。

他还让当时尚且年幼的孩子们吃苦瓜，但得到的评价很差。

"苦的！"

"这种东西吃不下去！"

有挑食倾向的儿子哭出了声。

即使这样，女儿还是在差不多小学五年级时渐渐能吃苦瓜

---

* 苦瓜是冲绳的代表性蔬菜，在日本其他地域吃得不多。

了。这是大约距今为止 20 年前的事，也是超市终于开始常备苦瓜的时期。

"习惯以后就出乎意料地好吃。"

是的，在我们家里，吃苦瓜就是帮助长大成人的仪式。

就好像从咖喱王子殿下 * 到好侍的甜口咖喱，再到中辣咖喱，长大成人的仪式也存在于咖喱之中。

饮料的话，就是从果汁到汽水，然后是可乐，最后到咖啡。小孩子不太能喝碳酸饮料。顺带，我有一个助手（30 岁）至今都喝不了碳酸饮料和咖啡，所以被大家称为"小大人"。

而我的儿子在成人之后，辣口咖喱也好，可乐也好，连黑咖啡都已经没问题了，唯有苦瓜至今都吃不了。

和 30 年前相比，现在苦瓜的苦味已经减少了许多。但即便我说这已经不是苦瓜而是中苦瓜了，儿子还是不肯动筷。

在店里，苦瓜的名字被写成"凉瓜"而不是苦瓜，大概也是为了缓和孩子们的抗拒反应吧。

---

* 咖喱王子殿下是 Spice & Herb 食品株式会社开发的专供儿童食用的速食咖喱包，不含任何可导致过敏的食材和化学调味品。好侍则是针对一般顾客生产各种咖喱制品的品牌。

苦瓜炒豆腐

材料（4人份）：

苦瓜1大根（纵向对半切开，掏干净后切成5mm宽的半月形），罐装午餐肉100g（切成5mm宽的短条），日式圆面筋3大片（用水泡发后拧去水分），色拉油1大匙。酱油适量，鸡蛋1个（打成蛋液）。

A：盐1/3小匙，胡椒少许，豆瓣酱1小匙。

做法：

1. 用平底锅加热色拉油后翻炒午餐肉，再加入苦瓜，用偏大的中火翻炒至色泽鲜艳。

2. 用手撕碎圆面筋加入锅中，倒进A并拌匀，最后加入酱油翻炒。

3. 在锅里均匀地洒入蛋液，快速拌匀后熄火。

锅料理就是要简单　简单的水菜猪肉锅

冬天就是要吃锅料理。

锅料理既能暖和身子，又能快速做好，收拾起来也很简单。而且不但能吃饱，卡路里还低。我甚至觉得冬天可以每天都吃锅料理。

我的首选第一锅就是这道简单的水菜＊猪肉锅。我觉得配菜很多的什锦锅会使味道分散，还是集中于作为主角的肉或鱼会比较好吃。

所以排名第二的是银鳕鱼锅，排名第三的则是萝卜胡萝卜鸡肉锅。

大约在 20 多年前，我曾经因为家附近开了力士锅店而和家

＊　一种细长的十字花科绿叶菜，口感清脆，没有特殊味道，不论是和肉类还是和其他蔬菜都很搭配。学名日本芜菁，别称水菜、京菜。

人一起去吃。其实在那之前我从没吃过力士锅，还是小学生的两个孩子当然也没有体验过。

"锵口！"*

他们因为这个单词可爱的发音而满心雀跃地掀开了这家店的幕帘。

不过端上桌的力士锅里却是大量白菜和切成四块的猪肉。而且，或许是因为房间设计也取自相扑部屋的规矩，我们直接被安排坐在了地板上以至于腿很疼。自那以后我们再也没去过那家店，甚至对力士锅都敬而远之。

另外，说到锅料理我还会想到带着制作公司的助理去某著名鸡肉锅料理店开忘年会时的事。那家老牌店的鸡汤被认为是绝品。

和安排客人坐在地板上的那家店不一样，在高级鸡肉锅店里，我们被带到了店内深处的和式房间，而且还有专门的女接待——仲居伺候用餐。

味道确实很棒。不过在所谓的高级店里，顾客不能随便把筷子插进锅里咕噜咕噜地搅拌，也不能把鸡肉从锅底翻出来。

仲居会一片一片地把肉放进客人的碗里。客人也都沉默地吃着。

---

* 力士锅日文为チャンコ，写法发音和力士（りきし）没有关系，系中文意译。其发音类似于日语中的昵称语。

明明是和年轻助理们开忘年会，但别说其乐融融了，房间里根本就充满紧张感。

而且一个助理还说："这汤和札幌一番盐味拉面*的味道很像。"

这使得心比天高的仲居心情变得很糟糕。

果然锅料理还是要在家里吃。

在寒冷的冬夜终于回到家中，等待自己的是温暖的锅料理——我一直相信这才是所谓家里的餐桌。

但我家的孩子们不喜欢锅料理。

"又是锅料理？"

他们会一脸失望，儿子更是发表了宣言："我不吃除了寿喜锅、泡菜锅和涮涮锅之外的锅。"

随着他们的学年逐渐升高，孩子们回家的时间也越来越晚。一家人围坐在锅料理旁的场景不再出现在家里。但这么一来，我就可以随心所欲地一个人享用自己最喜欢的锅料理了。

一个人吃锅料理时，我会用煮乌冬面的小土锅做。用桌用燃气炉加热土锅后独自大快朵颐，这样的用餐同样有着充实感。

把香肠以及肉丸子加入一人锅剩下的高汤里，然后重新加热，就成了味道考究的汤。我把这锅汤端给晚归的儿子喝，他完全没发现这是他厌恶的锅料理的剩菜，还会在喝完汤后表示："今天的汤真好喝。"

---

* 札幌一番盐味拉面是三洋食品株式会社开发的人气速食面。

简单的水菜猪肉锅

材料（4人份）：

　　猪里脊切片600g（对半切开），豆腐1块（粗嫩皆可），油炸豆腐2块（去油后切成8等份），水菜1捆（去根后切成8到10cm长），海带片1段（10cm），萝卜半个（去皮磨泥，沥干水分），橙醋酱油、酢橘各适量。

做法：

　　1. 在锅里加入足量的水，放入海带片后放置一段时间再开火。在煮沸前捞出海带片，加入猪肉、豆腐、油炸豆腐。

　　2. 食材煮熟后加入水菜、醋橙酱油和萝卜泥，根据个人喜好洒上酢橘汁。

克服讨厌的番茄　番茄刀豆沙拉

　　我小时候非常不喜欢吃番茄，特别是还有一半绿的番茄。我会打从心底因那无法言喻的酸味呐喊："难吃！！"

　　我讨厌咬着咬着里面的东西就变得黏稠而且还会滴落的玩意儿，对于番茄汁自然敬而远之。然而，我却莫名地喜欢番茄汤。事实上，我变得能吃番茄的关键也源于此。

　　我曾在学生时代着迷于用番茄汁做的番茄汤。那是用锅加热番茄汁后，打入鸡蛋再用盐和胡椒调味的简单料理。

　　我不是很记得是在哪本书上看到的，又或者是谁教我做的，但因为营养丰富而且好吃（！），我几乎每天都会做这道番茄汤。

　　汤本身就是加热后的番茄汁。

　　"这样的话我不是也能喝番茄汁吗？"

　　我的预测没有错。作为番茄汤的下一步，我攻克了冰镇番茄汁。

如果喝得了番茄汁，那么番茄本身应该也 OK。我不喜欢番茄的青涩和粘稠感，所以尽量挑选外观通红、内里紧致的番茄。

结果完全正确。

"番茄不是很好吃嘛！"

我成功地克服了不喜欢吃番茄这件事。方法就是从番茄汤开始，慢慢地习惯番茄的味道。各位妈妈，如果孩子讨厌番茄，是否可以尝试下这个方法呢？

最近超市里有各种改良过的番茄。

从著名的桃太郎番茄，到所谓的 FIRST TOMATO。我小时候非常不喜欢的有点绿的番茄也作为露天栽培的番茄出售。还有，以前的小番茄里只有迷你番茄，最近还出现了比迷你番茄稍微大一点的中型番茄。

不过，各位买了这么多番茄后会怎么做呢？一袋番茄有四五个，做沙拉或是当配菜的话只要一个就绰绰有余。一袋迷你番茄里也有将近 10 个。我经常会因为来不及用完而导致番茄变得干巴巴。

这种时候炖汤虽然是最好的，但如果番茄还没有变得干巴巴，那么可以做这道和刀豆搭配的沙拉。

搭配事先在冰箱里冰好的乌冬面，这道菜在没有食欲的夏天再适合不过了。不论多少都吃得下。

但这道沙拉没有受到讨厌酸味的家人欢迎。

如果在"Top's"咖喱店点番茄沙拉，端上来的沙拉就和这道刀豆番茄沙拉去掉刀豆后几乎一样。有一次，我想吃鸡肉咖喱，还想再吃点沙拉，于是一个人进 Top's 时问店员：

"番茄沙拉的量大概有多少？"

"非常大。"

"我一个人吃得完吗？"

"您大概没问题。"

他这么说，但端来的巨大玻璃碗里满是番茄，显然是需要两三个人分享的量。尽管有些困难，我还是一个人吃光了。总而言之，这道调过味的番茄沙拉，不论多少都能装进肚子。

番茄刀豆沙拉

材料（4人份）：

番茄1大个，刀豆50g，洋葱1/2小个。

A：柠檬1/3个榨汁，盐1/3小匙，橄榄油2大匙，粗粒黑胡椒少许。

做法：

1. 番茄去蒂后切成2cm见方的丁。刀豆去蒂并快速煮过后，切成2cm长的小段。洋葱切末过水后，沥干水分。

2. 把A倒进碗里并充分拌匀，然后加入处理过的蔬菜快速拌开，并送进冰箱冷藏室，待冷却后装盘。

一切都是为了家人　柴门式生姜烧

纵然都叫猪肉生姜烧，但味道以及做法却千差万别。

既有用稍厚的里脊肉做的，也有用切成薄片的肉做的。还有先用酱汁腌渍肉再烤，或是把什么都不蘸的肉唰地烤好后再淋上酱油和生姜汁的不同做法。

在很长一段时间里，我都是简易生姜烧派：快速煎过猪肉后，稍微沾上些酱油和生姜汁就吃。肉要切成薄片。总之，因为简单方便，在没有时间的情况下是一道相当宝贵的料理。

而在附近的小饭馆点的生姜烧，肉里混着洋葱，还很甜。就连洋葱的味道都很浓郁，应该是和肉一起放在酱汁里腌渍过了吧。

我觉得显然是这种甜甜的、放有洋葱的生姜烧更好吃。

之后我经过反复试错，最终得出了现在的食谱。我发现浓郁香甜的口味才更下饭，而且即使凉了也很好吃。如果烧的是牛肉，菜凉了之后会因为脂肪部分凝固而导致味道变差，但如果是猪肉生姜烧，只要事先剔除里脊的油脂部分就不用担心这一点。所以这还是一道能盛入便当里的菜。*

然后，我终于从持续19年的做便当生涯"毕业"了。

自女儿3岁起，我就每天早上5点30分起床做便当。也亏得我竟然能做到。现在孩子们都已经独立，我只要每天8点起床，优哉游哉地做早餐就好。我再也不想回到5点30分起床的日子了。

不仅是不再做便当，我也不用再为了家人而挑战新菜式了。

我想，正在为了幼小的孩子每天拼命做饭的读者里也会有人遇到觉得"好累，已经受不了了，不想再做饭了"的日子，但如今的我深刻地感受到，为孩子做饭的日子只是人生中非常短暂的一段时光。所以，我希望各位能珍惜被赋予的这段宝贵时间，并能好好地体会这其中的幸福。

在书中登场时，孩子们的年龄并不统一，有时候还在上幼儿园，有时候又成了初中生。我再次察觉到料理是会随着孩子们的年龄而改变的。有许多菜在孩子们还小的时候经常做，如今却几乎不做了。

我之所以会在工作的同时持续做菜，是因为我推测"男人和

---

* 除非是在外购买的标注需加热食用的类型，日本的便当一般不加热。

孩子会因为食物而上钩"。

我盘算着不论孩子们怎么反抗，只要说一句"那妈妈就不做饭了"就可以完美收场。就好像狗狗会亲近给自己食物的人一样。

虽然我认为自己的推测就某种程度上来说是对的，但每当想起已经成家的孩子们，我还是会深切地感受到，光靠食物是留不住他们的。

但是，人应该不会愿意吃讨厌的人所做的菜。所以，一家人都吃妈妈做的菜，就表示这一家人都喜欢妈妈吧。

柴门式生姜烧

材料（4人份）：

猪里脊肉200g，甜椒橙红色、黄色各1个，洋葱1个，色拉油2大匙，盐、胡椒各适量，炒白芝麻1小匙。

A：蜂蜜、味淋各1大匙，酱油3大匙，生姜15g做成生姜汁。

做法：

1. 用拌匀后的A把猪肉腌3到5分钟。

2. 甜椒去蒂去芯后切成7到8mm宽的长条。洋葱对半切开，也切成7到8mm宽的长条。

3. 用平底锅加热1大匙色拉油，快速翻炒蔬菜并装盘。

4. 迅速擦干平底锅，再加入1大匙色拉油，沥干腌好的猪肉然后一片一片放入锅里，用中火把两面煎透。把腌肉剩余的酱汁淋到锅里并收干，然后盛到装有蔬菜的盘子里，撒上芝麻。

后 记

之所以会开始这个连载，是基于这样一个策划：由我选择一道自己平时会做的菜，写一篇和这道菜有关的小故事并用漫画介绍。

当时女儿是高中生，儿子是初中生。两个人都在青春期，也是最叛逆的时期，几乎不和父母说话。就算主动和他们搭话也是自讨没趣。看着眼前不做回应的孩子们，我感到，他们还是不喜欢不和孩子外出只是画漫画的妈妈吧。所以我下定决心："至少还是要每天继续做饭。"

每天 5 点 30 分起床做便当真的很辛苦。才起床，身体就要染上油烟味，有好几次都差点吐。冬天时，外面还是一片漆黑，虽然冷得发抖，我还是坚持站在厨房里。

我是这么想的："挑战自己的极限，如果做到这个地步了孩子还是要走上歪路，那就是孩子的责任。我就放弃，权当自己是个运气不好的妈妈吧。"

反过来说，我的性格就是如果我只顾工作不做饭，那么如果孩子走上歪路，我会不停地后悔自责。我不想这样。我觉得自己是出于这个原因才鞭策自我持续做料理的。感觉到头来还是为了自我满足。

序言里也写过，我的性格就是一旦开始，不做到底就不满意。味噌汤的高汤一定会用海带片和干制鲣鱼来熬，晚饭总想着要做四菜一汤。至于为什么要四菜，那是因为要做三个家人各自喜欢的一道菜，然后再做一道全家都喜欢的主菜。

不过每天都这样实在够呛，渐渐地，做咖喱还有锅料理这样一道菜就完事的晚餐的次数就多了起来。

又过了一段时间，女儿高中毕业离开了家，丈夫也不回家了，于是就变成了给我和儿子两个人做晚饭。所以，四菜一汤的时代并没有很长。

但是，从第一个孩子上幼儿园，到第二个孩子高中毕业的19年里一直都坚持做便当的我，在最后一年变得无法再忍耐。在儿子高三那年的12月月中，我在厨房里大声地喊道："我这辈子一个便当都不想做了！"

新年以后因为备战高考，高三学生不用再去上课。这一天格外让我期待，就好像是挂在鼻尖前面的胡萝卜一样。

我一边哭着说"讨厌讨厌，我不想做什么便当"，一边熬过了剩下的半个月。那以后的人生，我没有再做过一个便当。我已经做完了这辈子应该做的便当，已经够了。

在这里，我想告诉读者们。

不要过分努力。

不要以完美的母亲为目标，请适当地、经常地偷个懒。

不管你是哭着还是笑着做便当，都和孩子们无关。即使便当稍微难吃一些，孩子也不会因此而讨厌母亲。我认为每做三次便当就可以偷懒一次。

我家的孩子们不怎么喜欢在外面吃饭，休息日也要吃家常饭。问他们原因，他们说："在餐厅里要留心各种事，很累。"

家常饭的魅力不就在于此吗？

不用和餐厅拼味道，只要是一家人能轻松吃饭的地方，那么偷懒的、能快速做好的料理也就足够了。

这一次从头再读这些连载，我怀念起了那段和家庭料理格斗的日子。

孩子们也都已经奔三，各自告别了父母、开始独立生活。即使这样，他们偶尔回家时还是会说："想吃妈妈做的饭。"

虽然我觉得麻烦，但还是会开心得窃笑不已。

而更让我开心的是，他们还会参考我的食谱自己做饭（或者让女朋友做）。

唔，他们并没有走上什么歪路，所以我盘算的"可以用食物来控制孩子"就某种程度来说也算是顺利的吧。

在 *ESSE* 连载的时候，我每个月都会在家里重现选出的食谱，并由（文中也数次登场的）责编——扶桑社的君岛贵美子女士和料理研究家樋口女士试吃。杂志上刊登的是樋口女士在工作室里重现的料理照片。真是深受这两位的关照了。更重要的是，三个女人在试吃会上聊天非常开心。

另外，在出版文库本时也受到了小学馆文艺编辑部的片江佳由子女士的竭力帮助，深表感谢。

2015 年 4 月　柴门文

图书在版编目（CIP）数据

柴门文的饭桌：暖暖家常菜 /（日）柴门文著；星
野空译 .—杭州：浙江大学出版社，2020.12
（启真·闲读馆）
ISBN 978-7-308-20732-4

Ⅰ.①柴… Ⅱ.①柴…②星… Ⅲ.①散文集—日本
—现代 Ⅳ.① I313.65

中国版本图书馆 CIP 数据核字（2020）第 213402 号

柴门文的饭桌：暖暖家常菜

[日] 柴门文 著 星野空 译

责任编辑	周红聪
责任校对	闻晓虹
装帧设计	周伟伟
出版发行	浙江大学出版社
	（杭州天目山路 148 号 邮政编码 310007）
	（网址：http://www.zjupress.com）
排 版	北京辰轩文化传媒有限公司
印 刷	北京中科印刷有限公司
开 本	880mm×1230mm 1/32
印 张	7.25
字 数	142 千
版印次	2020 年 12 月第 1 版 2020 年 12 月第 1 次印刷
书 号	ISBN 978-7-308-20732-4
定 价	56.00 元